T0276884

COLLECTION FOLIO

Annie Ernaux

La femme gelée

Gallimard

La narratrice retrace son enfance sans contrainte, entre un père tendre et une mère ardente, qui se partageaient le plus naturellement du monde les tâches de la maison et d'un commerce. Elle dit ses désirs, ses ambitions de petite fille, puis ses problèmes d'adolescente quand, pour être aimée, elle s'efforce de paraître comme « ils » préfèrent que soient les filles, mignonne, gentille et compréhensive. C'est ensuite l'histoire cahoteuse du cœur et du corps, l'oscillation perpétuelle entre des rêves romanesques et la volonté de rester indépendante, la poursuite sérieuse d'études et l'obstinée recherche de l'amour. Enfin, la rencontre du frère d'élection, de celui avec qui tout est joie, connivence, et, après des hésitations, le mariage avec lui. Elle avait imaginé la vie commune comme une aventure ; la réalité, c'est la découverte des rôles inégaux que la société et l'éducation traditionnelle attribuent à l'homme et à la femme. Tous deux exercent un métier après des études d'un niveau égal, mais à elle, à elle seule, les soucis du ménage, des enfants, de la subsistance. Simplement parce qu'elle est femme. Une femme gelée.

Annie Ernaux est née à Lillebonne et elle a passé toute sa jeunesse à Yvetot, en Normandie. Agrégée de lettres modernes, elle a enseigné à Annecy, à Pontoise et au Centre national d'enseignement à distance. Elle vit dans le Val-d'Oise, à Cergy. En 2017, Annie Ernaux a reçu le prix Marguerite Yourcenar et en 2022 le prix Nobel de littérature pour l'ensemble de son œuvre.

À Philippe

Femmes fragiles et vaporeuses, fées aux mains douces, petits souffles de la maison qui font naître silencieusement l'ordre et la beauté, femmes sans voix, soumises, j'ai beau chercher, je n'en vois pas beaucoup dans le paysage de mon enfance. Ni même le modèle au-dessous, moins distingué, plus torchon, les frotteuses d'évier à se mirer dedans, les accommodatrices de restes, et celles qui sont à la sortie de l'école un quart d'heure avant la sonnerie, tous devoirs ménagers accomplis ; les bien organisées jusqu'à la mort. Mes femmes à moi, elles avaient toutes le verbe haut, des corps mal surveillés, trop lourds ou trop plats, des doigts râpeux, des figures pas fardées du tout ou alors le paquet, du voyant, en grosses taches aux joues et aux lèvres. Leur science culinaire s'arrêtait au lapin en sauce et au gâteau de riz, assez collant même, elles ne soupçonnaient pas que la poussière doit s'enlever tous les jours, elles avaient travaillé ou travaillaient aux champs, à l'usine, dans des petits commerces ouverts du matin au soir. Il y avait les vieilles, qu'on allait voir le dimanche après-midi avec les boudoirs et le flacon de goutte pour arroser le café. Des femmes noires et coties, leurs jupes sentent le beurre oublié dans le garde-manger, rien à voir avec les mamies sucrées du livre de lectures, surmontées d'un chignon neigeux et qui moumoutent leurs petits-enfants en leur racontant des histoires de fées, des aïeules ça s'appelle. Les miennes, mes grand-tantes, ma grand-mère, n'étaient pas commodes, elles n'aimaient pas qu'on leur saute dans le tablier, perdu l'habitude, juste le bécot de l'arrivée et du départ, après l'invariable « t'as encore grandi » et « t'apprends-ti toujours bien à l'école », elles n'avaient plus grand-chose à me dire, elles parlaient en patois avec mes parents de la vie chère, du loyer et de la surface corrigée, des voisins et, de temps en temps, elles me regardaient avec des rires. La tante Caroline, celle des dimanches d'été, on se rend chez elle à vélo à travers des chemins cahoteux remplis de boue à la moindre averse, le bout du monde, deux ou trois fermes au ras des herbages dans une plaine. On clenche à la porte sans conviction, jamais chez elle Caroline, il faudra partir aux nouvelles dans les maisons à côté. On la trouvait en train de botteler des oignons ou d'aider un vêlage. Elle rentrait, fourgonnait sa cuisinière, cassait de la boisette pour le feu, nous préparait la collation soupante, œufs mollets, pain et beurre, liqueur d'angélique. On la regardait avec admiration « tu pètes toujours par la sente, Caroline ! Tu t'ennuies pas ? ». Elle rigolait, protestait, « que veux-tu, j'ai toujours à m'occuper ». Peur, des fois, comme ça, toute seule... Là elle s'étonnait, plissait les yeux, « qué-que tu veux qu'on me fasse à mon âge... ». J'écoutais peu, j'allais près de la mare, je longeais le mur aveugle de la maison bordé d'orties plus hautes que moi, je retournais les débris d'assiettes, les boîtes de conserve que la tante envoyait là, rouillées, pleine d'eau et de bêtes. La Caroline nous faisait un bout de conduite, en marchant à côté de nos vélos, un bon kilomètre par beau temps. Puis on la voyait minuscule entre les colzas. Je savais que cette femme de quatre-vingts ans, pleine de corsages et de jupes même au plus fort de la canicule, n'avait besoin ni de pitié ni de protection. Pas plus que la tante Élise, tanguante de graisse mais vive, un peu cracra, chez elle je sortais de dessous le lit avec des dentelles de moutons accrochées à ma robe, je tournais et retournais une cuiller mal décrottée avant d'oser fendre la peau plissée de ma poire au jus. Et elle, me fixant sans comprendre, « qu'est-ce que t'as que tu ne manges pas », et son rire énorme, « ça va pas te boucher le trou du cul ! ». Ni ma grand-mère qui habitait un baraquement, entre la ligne de chemin de fer et l'usine de bois, dans le quartier de la Gaieté. Quand on arrivait, elle raccommodait, elle cueillait du manger à lapins, elle lavotait, et ma mère s'énervait, « tu ne peux pas te reposer à ton âge ». Ça l'horripilait ma grand-mère, ces reproches. Quelques années avant, elle montait sur la voie de chemin de fer en s'agrippant aux herbes pour vendre des pommes et du cidre aux soldats américains du débarquement. Elle bougonnait, puis elle apportait la casserole de café bouillant avec ses filets de mousse blanche, elle versait la goutte sur le fond de sucre collé dans la tasse. Tout le monde rinçait la tasse avec la goutte, en la remuant doucement. Ils parlent, encore des histoires de voisins, de propriétaire qui ne veut pas faire de réparations, je m'ennuie un peu, pas de découvertes à espérer dans cette maison petite et sans terrain, presque rien à manger, ma grand-mère tète goulûment le fond de sa tasse. Je regarde sa figure aux pommettes saillantes, la même lumière jaune sur sa peau que sur son œuf de buis à repriser les chaussettes. Il lui arrive de faire pipi debout, jambes écartées sous sa longue jupe noire, dans son bout de jardin quand elle se croit seule. Pourtant, elle a été première du canton au certificat d'études et elle aurait pu devenir institutrice mais l'arrière-grand-mère a dit, jamais de la vie, c'est l'aînée, j'ai besoin d'elle à la maison pour élever les cinq autres. Histoire vingt fois racontée, l'explication d'un destin pas rose. Elle courait comme moi, sans se douter de rien, elle allait à l'école et d'un seul coup le malheur a fondu sur elle, cinq mômes qui la tirent en arrière, fini. Ce que je ne comprenais pas, c'est qu'à son tour elle s'en soit offert six, et sans allocations madame. Pas besoin d'un dessin pour savoir très tôt que les gosses, les poulots comme tout le monde disait autour de moi, c'était la vraie débine, la catastrophe absolue. En même temps quelque chose comme un laisser-aller coupable, un manque de gingin, un truc de pauvres aussi. Les familles nombreuses autour de moi, c'était des cohortes d'enfants mal mouchés, des femmes encombrées de landaus et de sacs bourrés de nourriture qui les déhanchaient lourdement, des plaintes continuelles à la fin du mois. La grand-mère s'était laissé avoir mais il ne fallait pas lui jeter la pierre, autrefois c'était normal, six, dix enfants, maintenant on avait évolué. Et mes oncles, mes tantes en avaient tellement soupé de la famille nombreuse que je suis entourée de cousins uniques. Moi aussi je le suis, unique, et ravisée en plus, nom qu'on donne à une espèce particulière d'enfants nés d'un vieux désir, d'un changement d'avis de parents qui n'en voulaient pas ou plus. Première et dernière, c'est sûr. J'étais persuadée d'avoir beaucoup de chance.

L'exception, c'était la tante Solange, cette pauvre Solange avec sa marmaille, dit ma mère. Elle habitait aussi le quartier de la Gaieté et on y allait souvent le dimanche. Comme une grande récréation sans défenses et sans territoire limité. L'été, avec sept cousins cousines, des copains du quartier, on poussait des hurlements sur les balançoires fabriquées avec les plateaux de bois entreposés à côté de l'usine, l'hiver on jouait à touche-touche dans la seule grande chambre pleine de lits. Toute une chaleur et une agitation où je plongeais avec frénésie, un peu plus j'aurais aimé vivre là. Mais ma tante Solange me faisait peur, demi-vieille, toupinant sans fin dans sa cuisine, la bouche tordue de tics. Des mois elle nous parlera du fond de son lit, la matrice s'était mise à flotter dans son ventre. Et ces fois où elle a les yeux fixes, ouvre la fenêtre, la referme, change les chaises de place et ça éclate, elle crie qu'elle s'en ira avec ses enfants, qu'elle a toujours été malheureuse, mon oncle assis tranquillement à la table le verre à la main ne répond rien ou bien ricane, « tu saurais pas où aller, abrutie ». Elle s'élance dans la cour en pleurant, « je vais me mettre dans la citerne ». Ses enfants la rattrapaient avant, ou les voisins. Nous, on se sauvait discrètement, aux premiers coups de gueule. En me retournant, je voyais la plus petite des filles laissant couler ses larmes bouche ouverte, la figure aplatie contre la vitre.

Je ne sais pas si les autres tantes étaient heureuses, mais elles n'avaient pas l'air éteint de Solange et elles ne se laissaient pas envoyer des beignes. Violentes, rouges, aux lèvres et aux pommettes, continuellement pressées, il me semble les avoir toujours vues en train de trisser, à peine le temps de stopper sur le trottoir, serrer contre elles leur sac à provisions pour se baisser et m'embrasser sec avec un sonore, qu'est-ce que tu deviens la fille ? Pas de débordement de tendresse non plus, pas de ces bouches en cul-de-poule, petits yeux voilés de cajolerie pour s'adresser aux enfants. Des femmes un peu raides, brutales, aux colères éclatantes de gros mots et qui, à la fin des repas de famille, aux communions, pleurent de rire dans leur serviette. Ma tante Madeleine en montrait même le fond plissé de sa culotte rose. Je ne me souviens pas d'une seule le tricot à la main ou piétinant devant des sauces, elles sortaient de leur buffet les assortiments de charcuterie et la pyramide de papier blanc du pâtissier tachée de crème. La poussière, le rangement, elles s'en battaient l'œil, s'excusaient tout de même, pour la forme, « faites pas attention à la maison », disaient-elles. Pas des femmes d'intérieur, rien que des femmes du dehors, habituées dès douze ans à travailler comme des hommes, et même pas dans le tissu, le propre, mais les cordages ou les bocaux de conserves. J'aimais bien les écouter, je leur posais des questions, la sirène, la blouse obligatoire, la contremaîtresse, et rire toutes ensemble dans la même salle, il me semblait qu'elles allaient à l'école aussi, avec les devoirs et les punitions en moins. Au début, avant d'admirer les institutrices, tellement supérieures et terribles, avant de savoir que ce n'est pas un beau métier de surveiller des pots de cornichons en train de se remplir, je trouvais bien de faire comme elles.

Plus que ma grand-mère, mes tantes, images épisodiques, il y a celle qui les dépasse de cent coudées, la femme blanche dont la voix résonne en moi, qui m'enveloppe, ma mère. Comment, à vivre auprès d'elle, ne serais-je pas persuadée qu'il est glorieux d'être une femme, même, que les femmes sont supérieures aux hommes. Elle est la force et la tempête, mais aussi la beauté, la curiosité des choses, figure de proue qui m'ouvre l'avenir et m'affirme qu'il ne faut jamais avoir peur de rien ni de personne. Une lutteuse contre tout, les fournisseurs et les mauvais payeurs de son commerce, le caniveau bouché de la rue et les grosses légumes qui voudraient toujours nous écraser. Elle entraîne dans son sillage un homme doux et rêveur, au ton tranquille, que la moindre contrariété rembrunit pendant des jours mais qui sait des tas d'histoires farces et des devinettes, vingt cent mille ânes dans un pré, des chansons qu'il m'apprend en jardinant tandis que je ramasse des vers pour les lancer dans l'enclos de poules : mon père. Je ne les sépare pas dans ma tête, simplement je suis sa poupée blanche à elle, son bézot à lui, la ravisée pour les deux et c'est à elle que je dois ressembler puisque je suis une petite fille, que j'aurai des seins comme elle, une indéfrisable et des bas.

Le matin, papa-part-à-son-travail, maman-reste-à-la-maison, elle-fait-le-ménage, elle-prépare-un-repas-succulent, j'ânonne, je répète avec les autres sans poser de questions. Je n'ai pas encore honte de ne pas être la fille de gens normaux.

Le mien de père ne s'en va pas le matin, ni l'après-midi, jamais. Il reste à la maison. Il sert au café et à l'alimentation, il fait la vaisselle, la cuisine, les épluchages. Lui et ma mère vivent ensemble dans le même mouvement, ces allées et venues d'hommes d'un côté, de femmes et d'enfants de l'autre, qui constituent pour moi le monde. Les mêmes connaissances, les mêmes soucis, ce tiroir-caisse qu'il vide chaque soir, elle le regarde compter, ils disent, lui ou elle, « c'est pas gras », d'autres fois, « on a bien fait ». Demain, l'un des deux ira porter de l'argent à la poste. Pas tout à fait les mêmes travaux, oui il y a toujours un code, mais celui-là ne devait à la tradition que la lessive et le repassage pour ma mère, le jardinage pour mon père. Quant au reste, il semblait s'être établi suivant les goûts et les capacités de chacun. Ma mère s'occupait plutôt de l'épicerie, mon père du café. D'un côté la bousculade de midi, le temps minuté, les clientes n'aiment pas attendre, c'est un monde debout, aux volontés multiples, une bouteille de bière, un paquet d'épingles neige, méfiant, à rassurer constamment, vous verrez cette marque-là c'est bien meilleur. Du théâtre, du bagout. Ma mère sortait lessivée, rayonnante, de sa boutique. De l'autre côté, les petits verres pépères, la tranquillité assise, le temps sans horloge, des hommes installés là pour des heures. Inutile de se précipiter, pas besoin de faire l'article ni même la conversation, les clients causent pour deux. Ça tombe bien, mon père est lunatique, c'est ma mère qui le dit. Et puis, les gens du café lui laissent du temps pour des quantités d'autres tâches. Musique des assiettes et des casseroles mêlée aux chansons du poste et aux découvertes de Nanette-Vitamine offerte par Banania, je vais finir de me réveiller, descendre à la cuisine et c'est lui que je trouverai, lavant la vaisselle de la veille au soir. Il prépare mon déjeuner. Il me conduira à l'école. Préparera le repas. L'après-midi, il menuisera dans la cour ou il filera au jardin la bêche sur l'épaule. Pour moi il n'y a pas de différence, il est toujours le même homme lent, rêveur, qu'il taille de jolis rubans de pomme de terre qui volutent entre ses doigts, qu'il retourne sur le gril des « gendarmes » qui nous piquent atrocement les yeux, qu'il m'apprenne à siffler en plantant la porette. Une présence sereine et sûre à toute heure du jour. Par comparaison avec les ouvriers autour, les commis voyageurs partis toute la journée de chez eux, il me semblait que mon père était toujours en vacances et moi ça m'arrangeait bien. Quand les copines se fâchaient, que les jeudis étaient trop froids pour jouer à la gate dans la cour, on faisait ensemble des parties de dominos ou de petits chevaux dans le café. Au printemps, je l'accompagne au jardin, sa passion. Il m'apprend les noms amusants des légumes, l'oignon paille des vertus et la salade grosse blonde paresseuse, je tire avec lui le cordeau au-dessus de la terre retournée. Ensemble on collationne ferme de charcuterie, radis noirs, et on retourne l'assiette pour déguster une pomme cuite. Le samedi, je le regarde assommer le lapin, après, lui faire faire pipi en appuyant sur le ventre encore mou et lui décoller la peau avec un bruit de vieux tissu qu'on déchire. Papa-bobo précipité avec inquiétude sur mon genou saignant, qui va chercher les médicaments et s'installera des heures au chevet de mes varicelle, rougeole et coqueluche pour me lire *Les Quatre Filles du docteur March* ou jouer au pendu. Papa-enfant, « tu es plus bête qu'elle », dit-elle. Toujours prêt à m'emmener à la foire, aux films de Fernandel, à me fabriquer une paire d'échasses et à m'initier à l'argot d'avant la guerre, pépédéristal et autres cézigue pâteux qui me ravissent. Papa indispensable pour me conduire à l'école et m'attendre midi et soir, le vélo à la main, un peu à l'écart de la cohue des mères, les jambes de son pantalon resserrées en bas par des pinces en fer. Affolé par le moindre retard. Après, quand je serai assez grande pour aller seule dans les rues, il guettera mon retour. Un père déjà vieux émerveillé d'avoir une fille. Lumière jaune fixe des souvenirs, il traverse la cour, tête baissée à cause du soleil, une corbeille sous le bras. J'ai quatre ans, il m'apprend à enfiler mon manteau en retenant les manches de mon pull-over entre mes poings pour qu'elles ne boulichonnent pas en haut des bras. Rien que des images de douceur et de sollicitude. Chefs de famille sans réplique, grandes gueules domestiques, héros de la guerre ou du travail, je vous ignore, j'ai été la fille de cet homme-là.

Œdipe, je m'en tape. Je l'adorais aussi, elle.

Elle, cette voix profonde que j'écoutais naître

dans sa gorge. Les soirs de fête quand je m'endormais sur ses genoux, ce courant d'air, ces portes claquées, toutes les choses vibrent près d'elle, éclatent même, jour magnifique et stupéfiant où un cendrier vole par la fenêtre et se pulvérise sur le trottoir devant le livreur hébété qui a eu le tort d'oublier je ne sais quelle marchandise. Effet d'une de ses colères simples, de celles qui revigorent, à proclamer que ce métier-là ça la fait chier mais chier, et puis la paix, le bocal de bonbons coquelicots qui laissent la langue écarlate, la grande boîte de biscuits au détail où nous allions piocher toutes les deux pour nous consoler de son caractère. Je sais, nous savons qu'elle crie pour la santé, pour le plaisir et qu'en réalité elle n'en aura jamais assez d'être patronne, même d'une boutique c'est toujours patronne. Dans ses moments de mollesse, elle dit qu'elle a bien joué sa boule après tout. Le magasin l'occupe les trois quarts du temps. C'est elle qui reçoit les représentants, vérifie les factures et calcule les impôts. Journées de sombres murmures, elle s'installe devant ses papiers, égrène ses additions à mi-voix et tourne les factures en mouillant son doigt, surtout qu'on ne la dérange pas. Jour exceptionnel de silence car les autres, le bruit et la vie pétillent autour d'elle. Chocs de bouteilles, claquement des plateaux de la balance, histoires de maladies et de morts, le seul moment tranquille, celui du petit compte griffonné au dos du camembert ou du kilo de sucre, à nouveau des histoires de jeunes filles qui fréquentent, d'embauche et de retour d'âge. Le premier écho du monde est venu à moi par ma mère. Je n'ai jamais connu ces intérieurs silencieux avec juste le tacatac de la machine à coudre, les bruits discrets des mères qui font naître l'ordre et le vide sous leurs mains. Avec des filles de la classe, on allait sonner aux portes des maisons bien, rue de la République ou avenue Clemenceau, nos timbres des tuberculeux au poing. Long, on n'entendait rien, puis la porte s'entrebâillait tout juste, des femmes peureuses qui restaient tapies dans le vestibule avec des odeurs de fricot derrière elles, des femmes d'ombres, oppressantes, qui se renfermaient à toute vitesse, mécontentes d'avoir été dérangées. Ma mère, elle, elle est le centre d'un réseau illimité de femmes qui racontent leurs existences, mais l'après-midi seulement, en prenant leurs commissions, d'enfants qui viennent trois fois dans l'heure pour deux souris au chocolat et un malabar, de vieux très lents à ramasser leur monnaie, reprendre leur sac par terre en s'appuyant de l'autre main au comptoir. Je n'imaginais pas qu'elle pût avoir un rôle différent.

Maman fait le ménage soigneusement, elle époussette, deux *t* verbes en eter, avec un plumeau. Quel ménage, quel plumeau, chez moi le ménage c'est le cataclysme du samedi, l'odeur d'eau de Javel, les chaises du café perchées sur les tables. Ma mère, les cheveux dans les yeux, les pieds noyés me hurle de ne pas avancer. C'est, aux alentours de Pâques, une fade senteur plâtreuse de murs violemment lessivés, des couvertures empilées dans un coin, des meubles poussés, mélangés en pyramides instables, et elle à quatre pattes, frottant le parquet à la paille de fer, je lui voyais ses jarretelles roses, après, pendant des jours, les chaises collaient aux cuisses. Tout ce branle-bas paraît la tuer autant que nous, mon père et moi, effarouchés par cette débauche d'eau et d'encaustique. Heureusement que je rampe dans le tunnel des matelas roulés. Et surtout qu'on en prend pour un an. Le reste du temps, du ménage en pointillé, un drap à repasser, la sonnette, une cliente, tout juste si à la fin de la journée le drap et le reste cesseront d'encombrer la table de la cuisine. À cinq heures du soir, elle s'écriera « j'ai cinq minutes, je vais recouvrir mon lit ! ». Le lit pas fait, la seule obsession que je lui connaisse, avec la lessive obligatoire du mardi, jour creux du commerce. Effroyable cérémonie préparée depuis la veille avec l'eau trimballée de la pompe extérieure aux baquets où les couleurs essangent toute la nuit. Le lendemain, en sale, laide de sueur, elle évolue dans la vapeur de la buanderie, démoniaque, et personne n'a le droit de venir la voir. Elle réapparaît vers midi auréolée d'une odeur douceâtre de lavage, muette, la haine personnifiée de je ne savais quoi. Mais la poussière pour elle n'existait pas, ou plutôt c'était quelque chose de naturel, pas gênant. Pour moi aussi, un voile sec qui poudre mon cosy, dessinant des dentelles quand j'enlève des livres, qui danse dans les rayons de soleil et qu'on efface sur un vase ou un cahier avec la manche de sa blouse. Entre douze et quatorze ans, je vais découvrir avec stupéfaction que c'est laid et sale, cette poussière, que je ne voyais même pas. Ce serpent de Brigitte, désignant un endroit dans le bas du mur : « Dis donc, il y a longtemps que ça n'a pas été fait ! » Je cherche : « Quoi, ça ? » Elle m'a montré le minuscule rebord de la plinthe, tout gris en effet, mais comment, il fallait nettoyer là aussi, j'avais toujours cru que c'était de la saleté normale, comme les traces de doigts aux portes et le jaune au-dessus de la cuisinière. Vaguement humiliée de constater que ma mère manquait à l'un de ses devoirs puisque apparemment c'en était un. Plus tard encore, ébahie qu'il faille astiquer aussi les brûleurs à gaz, les dessous de lavabos et les derrières de frigo et de la cuisinière qu'on ne regarde jamais, plein de trucs dans *Femme pratique, Bonnes soirées,* pour rendre plus brillant, plus blanc, transformer peu à peu l'intérieur en piège à entretien des choses. En plus, faire croire que ça va vite, un clin d'œil. Le vite, je l'ai connu chez ma mère, c'était manger la soupe et la viande dans la même assiette pour s'économiser de la vaisselle, dire allégrement que ce pull-là porte bien son sale, pas besoin de le changer, c'était laisser les choses tranquilles avec leur poussière et leur usure.

Elle ne perdait pas son temps, comme elle disait, en tricots interminables. Parfois, les dimanches d'hiver, comme un remords, elle essaie de s'y mettre, toutes les deux comptant laborieusement les mailles d'une écharpe au point mousse qui ne dépassera jamais vingt centimètres. La cuisine, c'est son affaire à lui, excepté le sempiternel entremets franco-russe du jeudi et les crêpes ou les beignets des jours de plaisir. Ça sent la fête de haut en bas, et souvent le début du printemps puisque c'est le Mardi gras ou la mi-carême. Tout l'après-midi, les crêpes sautent, elle en offre aux clients du café les plus fidèles, j'ai les mains perlées de sucre et l'estomac embarbouillé, ce soir on ne soupera pas. Ou encore le cake en sachet pour femmes pressées, « pousse tes cahiers de la table, qu'on ne les tache pas » et voici les falaises de farine s'éboulant dans la mer jaune des œufs, la permission de tremper le doigt dans la pâte. Elle m'abandonne la moitié des raisins secs et toutes deux nous raclons le fond crémeux du saladier. Pendant quinze jours elle ne cassera pas un œuf. En cuisine et en ménage, il n'y avait rien que de l'exceptionnel avec elle, du comme ça lui chantait, des envies de cire ou de murs à lessiver, de gâteaux pour faire plaisir.

Aussi, elle avait le temps, malgré les factures, les bonnes femmes à servir, les marchandises à déballer, de se lever à cinq heures aux premiers beaux jours pour sarcler les rosiers et le « désespoir du peintre » et me frotter les joues à mon réveil avec la rosée de mai, « ça donne un joli teint ». Surtout, n'importe où, n'importe quand, se plonger dans la lecture. C'est par là que je la trouve supérieure à lui qui ne parcourt que le journal après dîner dans le but précis de savoir les nouvelles de la région. Je lui envie ce visage étrange, refermé, parti de moi, de nous, ce silence où elle sombre, son corps alourdi d'un seul coup par une parfaite immobilité. L'après-midi, le soir, le dimanche, elle sort un journal, un livre de la bibliothèque municipale, un livre acheté, parfois. Mon père gueule « je te cause ! t'as donc pas marre de tes romans ! », elle se défend « laisse-moi finir mon histoire ! ». Vivement que je sache lire, puis vivement que je comprenne ces longues histoires sans images qui la passionnent. Un jour vient où les mots de ses livres à elle perdent leur lourdeur ânonnante. Et le miracle a lieu, je ne lis plus des mots, je suis en Amérique, j'ai dix-huit ans, des serviteurs noirs, et je m'appelle Scarlett, les phrases se mettent à courir vers une fin que je voudrais retarder. Ça s'appelle *Autant en emporte le vent.* Elle s'exclamait devant les clientes, « pensez qu'elle a seulement neuf ans et demi » et à moi elle disait « c'est bien hein ? ». Je répondais « oui ». Rien d'autre. Elle n'a jamais su s'expliquer merveilleusement. Mais on se comprenait. À partir de ce moment il y a eu entre nous ces existences imaginaires que mon père ignore ou méprise suivant les jours « perdre son temps à des menteries, tout de même ». Elle rétorquait qu'il était jaloux. Je lui prête ma Bibliothèque verte, *Jane Eyre* et *Le Petit Chose,* elle me file *La Veillée des chaumières* et je lui vole dans l'armoire ceux qu'elle m'interdit, *Une vie* ou *Les dieux ont soif.* On regardait ensemble la devanture du libraire de la place des Belges, parfois elle proposait « veux-tu que je t'en achète un ? ». Pareil qu'à la pâtisserie, devant les meringues et les nougatines, le même appétit, la même impression aussi que c'était pas très raisonnable. « Dis, ça te ferait plaisir ? » C'est le libraire forcément qui conseillait, choisissait, la seule différence avec les gâteaux, à part Delly et Daphné du Maurier, elle n'était pas calée. Ça sentait le sec, une poussière fine, agréable. « Donnez-le à ma fille », disait-elle avant de payer. Elle me promettait pour plus tard un beau livre, *Les Raisins de la colère* et elle ne voulait ou ne savait pas me raconter ce qu'il y avait dedans, « quand tu seras grande ». C'était magnifique d'avoir une belle histoire qui m'attendait, vers quinze ans, comme les règles, comme l'amour. Parmi toutes les raisons que j'avais de vouloir grandir il y avait celle d'avoir le droit de lire tous les livres. Bovaries de quartier, bonnes femmes aux yeux fermés sur des rêves à la con, toutes les femmes ont le cerveau romanesque, c'est prouvé, qu'est-ce qu'ils ont tous, cette hargne, même mon père, et lui, quand il me verra le soir assise sans rien faire, qu'est-ce que tu fous, à rêver à trois fois rien ? Les copies à corriger, le petit qu'il faut coucher, à peine le temps de lire cinq minutes avant de dormir. Comment rêver encore. C'est vrai que j'ai eu honte, je croyais me laisser aller si je n'étais pas « active ». Non, ma mère ne confondait pas sa boutique et les rivages de Californie, le feuilleton glissé sous le linge à repasser au coup de sonnette ne l'empêchait pas de calculer ses pourcentages. Je sais que tout à l'heure il faudra traquer ces jeunes filles douces et bien élevées de *La Vie en fleur*, les *Brigitte* en vingt volumes, à suivre, toutes les esclaves ou reines dont l'histoire commence à dix-huit ans et se termine au mariage à vingt, même ma Scarlett indéfendable avec sa batterie de robes et d'amoureux. Et à l'autre bout, ces lourds témoignages, vécus, en grosses lettres, de *Confidences*, femmes mariées malheureuses, filles séduites et abandonnées, la grosse chaîne d'un désastre féminin, fatal, qui me fascine terriblement vers dix ans. Lectures pour femmes, c'est peut-être à cause d'elles, cette idée bizarre de la vie réussie ou finie à vingt ans que je serai si molle à la terrasse du *Montaigne* et la suite. Non. Je crois la façon qu'ont les gens de vous regarder plus forte que tous les bouquins, et je la hais, l'injure masculine « tu fais du roman, tu as trop d'imagination ma pauvre fille », prétexte à cacher toutes les entourloupettes, les rendez-vous manqués, « non je t'assure que tu as vraiment trop d'imagination ». Moi je ne peux pas me souhaiter une mère qui n'aurait pas eu ce visage de plaisir devant les journaux et les livres, ne se serait pas envoyé sa petite part de folie hebdomadaire en s'enfermant loin des conserves et des clientes à crédit, de toute cette bouffe empaquetée, froide, et aurait trouvé que lire c'était perdre son temps. Elle me disait, les yeux brillants, « c'est bien d'avoir de l'imagination », elle préférait me voir lire, parler toute seule dans mes jeux, écrire des histoires dans mes cahiers de classe de l'année d'avant plutôt que ranger ma chambre et broder interminablement un napperon. Et je me souviens de ces lectures qu'elle a favorisées comme d'une ouverture sur le monde.

Trop petite pour m'identifier à des héroïnes de dix-huit ans, je m'invente avec elles une parenté, un voisinage, pour me glisser à leur suite dans les châteaux, les campagnes lointaines, les pays jaunes de chaleur et je continue d'être moi, personnage dont je suis très satisfaite. Les livres, voyage et avant-jeu. Le *Secret du Koo-Koo-Nor* de Delly et la chambre de mes parents devient boudoir chinois grâce aux couvertures et dessus-de-lit drapés sur les chaises et la fenêtre, aux oreillers affalés sur le balatum, changés en coussins « voluptueux ». La mer est démontée, ma corvette va sombrer, la chaise en équilibre sur le lit penche dangereusement, je suis Pedro le petit émigrant. Ma mère entre, regarde le lit dévasté, sa robe des dimanches me bat les talons, elle rit « tu joues ? c'est bien, joue, va ».

Lire, jouer, rêver, mais aussi, chaque dimanche, parfois le jeudi, partir à la découverte des rues et des paysages autour de la ville. Sans oublier des gens, comme si on ne voyait pas défiler assez de têtes chez nous, il lui en faut encore à ma mère, toutes sortes de malchanceux, de loupés, des vieux, des malades qui ne guériront jamais, des qui s'étaient fait prendre le pied dans une machine, avaient dérapé en vélo un jour de boisson. Que l'enfance doive être protégée, encoconnée, gaffe aux microbes en suspension, et puis ménager leur petite âme sensible, elle l'ignorait. Elle m'emmène partout avec elle, chez la mère Alice qui ne sent plus ses jambes embobinées dans une couverture et même un guérisseur lui a prédit du mieux, je me demande si elle se sent faire pipi. Chez le père Merle, dans une pièce unique, avec son lit aux draps terreux et des chats autour d'une assiette de ragognasses. Les accouchées du quartier, qui cachent de mystérieux ravages. C'était bien d'être là, dans des maisons inconnues, il y avait toujours à regarder des drôles de choses, des gravures de Lourdes ovales, biscornues, en bois peint, un coucou, des poupées gagnées à la foire, des collections d'animaux qu'on trouve dans les paquets de café. Plein d'odeurs aussi. Pas eu besoin d'apprendre dans une dictée que « chaque maison a son odeur », les autres filles s'ébouriffaient, comment, quoi, ça pue alors, à mon avis elles ne connaissaient rien. On restait longtemps, trop pour ma bougeotte, le soir arrivait et je me demandais pourquoi ils n'allumaient pas l'électricité, les têtes brillaient. Dehors ma mère me serrait la main, « il fait nuit comme dans le derrière d'un nègre ! », je riais, on ne se voyait pas le bout des pieds dans ces chemins sans lampadaire. L'hospice aussi c'était très bien, avec la chapelle et les grands escaliers comme dans un château. Le mieux, ce sera une roulotte toute seule, loin, au bout de la ville, près d'un pont où il ne passait rien, ni route ni chemin de fer. Ma mère tend sa main à une vieille, longtemps, puis elles jouent aux cartes. Tout s'explique sur la route du retour, ça s'appelle la bonne aventure, quel rêve.

Il vient rarement avec nous, lui, le pas-sortant, qui traîne les pieds sans rien regarder autour de lui parce qu'il a horreur de marcher pour rien. Et c'était souvent pour rien, juste voir, respirer, dire des choses, comme elles passaient par ma tête, à sept ans, qu'on partait « crochées », bras dessus bras dessous. Dans les bois, aux jonquilles. Dans les rues, rues sans nom, rues-énigmes de l'École sans école, de l'Enfer, rues à cités pleines d'enfants qui s'arrêtent de jouer pour nous dévisager, rues à villas hantées d'êtres invisibles derrière des rideaux de dentelle. Toujours à l'affût du bizarre et du nouveau, démolitions avec les chambres à ciel ouvert, réclames peintes sur les murs, œils-de-bœuf des maisons riches. Rues des vitrines de Noël, à faim profonde, il fait froid, promenée devant les crèches et les sapins, enfin assouvie dans les volutes et le dôme délicat d'une religieuse. Il y avait les jours exceptionnels, la découverte absolue : le voyage à Rouen. On entrait le matin dans les palais parfumés, le Printemps et Monoprix, l'après-midi dans des églises noires dedans et vertes dehors. Près de la cathédrale, on s'arrête devant un libraire qui vend des livres sur le diable et les tables tournantes, je marche sur le pavé gras avec la première sensation de n'être plus moi. Elle dit « lève la tête », une gargouille allonge son cou. Nous voici dans l'escalier de la tour Jeanne-d'Arc, dans la cave du musée Beauvoisine, seules visiteuses de momies décevantes, dans des cryptes à contempler, ahuries de respect et chatouillées tout de même d'envies de rire, des enfilades de tombeaux de gens dont on n'a jamais entendu parler. Et nous voici encore à choisir des plats inconnus dans un restaurant, ma première coquille saint-jacques, l'attente anxieuse, et si c'était pas bon et si on allait être obligées d'en laisser, puis l'île vacillante à explorer de la cuiller et de la langue, la peur après, est-ce qu'on aura assez de sous pour payer tout ça, mais elle sort les billets tranquillement, t'en fais pas on est riches aujourd'hui. Mon père hoche la tête sans rien dire quand je lui raconte nos exploits à la grande ville. Qu'est-ce qui la pousse, dehors, nez au vent, expositions, quartiers moyenâgeux, pourquoi joue-t-elle les assistantes sociales bénévoles, visiteuse de disloqués et de paumés, est-ce qu'une femme ne doit pas rester tranquille entre son mari et ses enfants, comme si je pouvais me poser ces questions, j'étais persuadée qu'elle était parfaite. Par elle je savais que le monde était fait pour qu'on s'y jette et qu'on en jouisse, que rien ne pouvait nous en empêcher.

Granville Road, Kenver Avenue, je perfectionne mon anglais, mal, mais je marche des miles, dans la banlieue de Londres, Highgate, Golders Green, je bois seule du Bovril dans des milk-bars, j'ai vingt ans, promeneuse éblouie de dépaysement, et encore, via Tullio, jardins de la villa Borghèse, mais déjà des survenants grossiers à écarter, des briseurs de rêves, des empêcheurs d'avancer avec leur Fraulein, mademoiselle, ah mademoiselle oh ! là là ! french, francesa, mais les routes s'ouvrent encore librement. Comme celles d'après les épreuves d'examen, coulées sans visages où j'use un délicieux sentiment d'absurdité. Et puis il y a eu ces jardins ordonnés de banlieue, je marche pour semer une première querelle entre nous deux, je ne pars plus à la découverte, je fuis. La fuite dérisoire de quelques heures, le faire-semblant du grand départ qui me ramènera à l'écurie. Plus tard, je n'ai même plus la possibilité de prendre l'air subitement, l'enfant dans le berceau, quelle honte, plus tard encore, privée de l'idée même de fuir, que ça ne sert à rien, et pleurer dans les casseroles. Un petit cheval maté.

Non, mes années de petite fille n'ont pas été qu'une conquête, se souvenir des beignes à elle pour la robe déchirée, mes mensonges, qu'elle crève, j'étouffais de rage, l'ennui, quand l'imagination se fatigue, si j'avais une sœur, la désolation des soirs où le client, cette espèce changeante et retorse qu'il faut souvent surveiller, n'a pas beaucoup poussé la porte. Toutes les peurs de mourir. Mais je cherche ma ligne de fille et de femme et je sais qu'une ombre au moins n'est pas venue planer sur mon enfance, cette idée que les petites filles sont des êtres doux et faibles, inférieurs aux garçons. Qu'il y a des différences dans les rôles. Longtemps je ne connais pas d'autre ordre du monde que celui où mon père fait la cuisine, me chante *Une poule sur un mur*, où ma mère m'emmène au restaurant et tient la comptabilité. Ni virilité, ni féminité, j'en connaîtrai les mots plus tard, que les mots, je ne sais pas encore bien ce qu'ils représentent, même si on m'a persuadée, en avoir dans la culotte ou pas, grosse nuance, je ris, mais non, sérieux, si j'en ai bavé surtout d'avoir été élevée d'une façon tellement anormale, sans respect des différences.

L'avouer, plutôt contente d'être une fille. À cause de ma mère bien sûr. Et puis, autour de moi, dans le café, l'univers des hommes défile. Les quatre cinquièmes boivent trop, bavassent, se crèvent à des boulots sales et durs, sur des chantiers. Gesticulateurs, braillards, muets à jeun, tueurs de tout, démolisseurs de patrons quand ils sont bourrés, leur conversation n'est que folie douce. Les mauvais castagnent leurs femmes, les bons leur rapportent la paye et elles, en reconnaissance, leur donnent leur dimanche pour aller faire le jeune homme au bistrot ou au foot. Le côté femmes, pour moi c'est autrement sérieux, je le constate au magasin, elles s'occupent de toute la bouffe, le fil à raccommoder, crayon et double décimètre pour la rentrée des classes, jamais d'excentricités, une boîte de crabe, ça demande réflexion. Elles scrutent les rayons, avec ça ? enchaîne ma mère, doucement ! c'est elles qui tiennent les cordons de la bourse, un gros paquet de petits-beurre, que ça fasse du profit. Responsables. Du moins celles qui font leur maison. Entendu cent fois cette phrase qui voulait dire tant de choses, ne pas jeter l'argent par les fenêtres, envoyer au magasin des enfants récurés au moins le dimanche mais aussi gouverner son homme, l'empêcher de boire la paye, de changer de place pour un oui pour un non. Obscurément je sens aussi que presque tous les malheurs des femmes viennent par les hommes. Je ne m'y attarde pas, mon modèle à moi c'est ma mère et elle n'est pas victime pour un rond.

Être une petite fille c'était d'abord être moi, toujours tellement grande pour son âge, costaude heureusement malgré sa mine blanchette, un petit bidon en avant, pas de taille jusqu'à douze ans. La jupe ne tiendra pas sans bretelles assure la couturière, ou une ceinture serrée. « Des bretelles, qu'elle soit à l'aise. » Rien que des vêtements pour être à l'aise avec en plus l'avantage qu'ils ont de durer longtemps. La coquetterie, les chatteries, les sourires coquins, les larmes pour attendrir, j'ignore complètement. Ma mère juge sévèrement les « faiseuses d'embarras », appelle simagrées les pleurs, « tu pisseras moins cette nuit ».

Une petite fille qui cherche le plus de plaisir et de bonheur sans se soucier de l'effet produit sur les autres. Rester tard au lit jeudis et dimanches jusqu'à sentir un vague mal au cœur de cet enfouissement dans les draps, se regarder passer nue devant la glace, lire en mangeant des tartines de compote chaude au retour de la classe le midi sans attendre le déjeuner, faire du vélo interminablement dans la cour entre les plates-bandes d'asters et les casiers vides. Mon vélo, merveilleux instrument de rêve. Aérienne sur la selle, bercée de molles secousses entre la terre mouvante et le ciel immobile, je dévide mes histoires exotiques au rythme de mes jambes. Jouer l'été avec des cousines ou des filles du quartier à ces grands jeux commencés dans la fièvre et les cris de joie, interrompus par la collation qu'on mange à califourchon sur le portique de la balançoire, enlisées dans des fâcheries, des bagarres ou bien ce qu'à confesse il faudra nommer prudemment vilaines conversations en espérant que la voix derrière le grillage n'exigera pas des détails. Jeux du baptême, du mariage, où les préparatifs usent nos énergies, qu'est-ce qu'on voulait faire déjà, fini l'intérêt, il est temps de s'échapper dans la rue à la recherche d'aventures neuves. La plus excitante était celle de voler des pêches et des poires, de rencontrer des garçons à traiter joyeusement, d'assez loin, de patapoufs, bigleux et grands cons, pour voir, et crier à la moindre poursuite : « Maman ils nous embêtent ! – T'as qu'à pas commencer », répond-elle. Rituel de la corde lisse, qui s'enroule autour de la jambe droite le pied gauche par-dessus le droit, toute la robe remonte, le corps tendu, je m'accroche à l'anneau tout en haut du portique avant de débouler, la corde comme un trait de feu partout, des chevilles aux cuisses. Je crache dans mes mains avant de remonter pour recouler encore. Jamais de jeux calmes, posés. En compagnie, j'ai la parole haute et déchaînée pour me rattraper de mon murmure solitaire d'enfant unique. La réserve naturelle des petites filles, leur maintien modeste et leurs effarouchements supposés, je n'en vois pas trace en moi ni en mes copines de jeux. Les toujours mignonnes, qui jouent à la dînette et cueillent des petites fleurs, on les appelle des crâneuses et des chochottes. Plaisir de l'exubérance que l'école, avec son silence dans les rangs, ses amusements décents, n'amortit pas beaucoup. Crier, se cacher dans des endroits où personne ne vous trouvera, tant pis pour la robe, oser, le grand mot, chiche que t'oses pas, sonner à la porte de la mère Lefebvre, dire ça tout haut, montrer ton, faucher la pêche. Je ne savais pas que dans un autre langage cette joie de vivre se nomme brutalité, éducation vulgaire. Que la bonne, pour les petites filles, consiste à ne pas hurler comme une marchande de poisson, à dire zut ou mercredi, à ne pas traîner dans la rue. Le bistrot à clientèle ouvrière, des générations de paysannes au-dessus de moi, ça ne pousse pas tellement à façonner des gamines Ségur.

Pas facile de faire loyalement mon parcours. Ma mère m'offrait plein de poupées, oui. Avec un peu de commisération, comme une concession à la faiblesse de mon âge, mais sans rechigner puisque c'est moi qui les réclame. Interdiction toutefois de sortir avec landau et poupard, attributs ridicules. Les drouines, poupées en patois, ça reste à la maison. Souvenir flou de cheveux toujours frisés, yeux fixes et lèvres jamais assez entrouvertes pour y glisser un morceau de ma collation, elles se succèdent, perdues, abîmées et obstinément renouvelées. Pour la fierté de les montrer aux copines, la belle robe, et les bottons en tricot, et elle pleure ! L'admiration épuisée, je la recouche dans son berceau, on jouera à la corde. Je croyais toujours que le miracle aurait lieu, celle-là je l'aimerai, je lui tricoterai des affaires, je ne l'abandonnerai pas dans la cour. Exultation, doutes dans la recherche d'un prénom, préparation minutieuse du baptême. Après, il n'y a plus grand-chose à faire d'elle. Pouponner c'est quoi au juste, coudre des robes et des bonnets, pas experte, et ma mère m'envoie aux flûtes quand je réclame sa participation. Cette figure froide bien bordée dans son chariot alsacien me rend mélancolique. Inerte, et moi si vivante, l'air doux d'un avant-printemps sur mes bras nus pour la première fois depuis l'hiver, le goût des crêpes de la mi-carême sur mes doigts, je la regarde, je ne sais rien imaginer avec elle. Enfant solitaire devant une poupée. J'attends d'elle l'amour réciproque, le rêve. Son corps est dur, son sourire rouge Baiser idiot. Le seul moyen de la rendre un peu vivante c'est de la tourmenter, lui faire subir ces métamorphoses qui finissent mal. Ça commençait toujours par les cheveux, nattes, papillotes, lavage. Coupe. L'engrenage fatal. À cause de cette tête déchue, pauvre nénette dépoilée, je me crois tout permis, je la lance pour la voir retomber dans des postures ridicules, jupes troussées, je la fais tournoyer par un bras autour de l'élastique qui lui traverse le buste. Manchote en moins de deux. Alors je peux commettre le dernier sacrilège, extirper du ventre l'espèce de salière qui continue à couiner maman quand je la retourne. Les baigneurs, c'était différent. Ils ressemblent trop à des bébés, les tortures devenaient visiblement criminelles. Mais eux aussi détournés de leur fonction, oser dire à quel simulacre il a servi un après-midi d'été, quel partenaire à taille réduite il a figuré, ce poupard que j'avais appelé Michel.

Je ne faisais pas le tri dans les jeux, j'aimais la corde à sauter, la marelle ; la balle au mur et la bague d'or glissée de main jointe à main jointe, déception de ne pas être la préférée ou douceur de l'être et de sentir la bague couler entre mes paumes comme une preuve secrète d'amitié. Le vélo les deux pieds sur le guidon. Le ballon prisonnier. Faire des maisons en dominos. Monter aux arbres. Le dimanche parfois, quartier de la Gaieté, je me mêle aux cousins et aux enfants de la rue et je ne comprends pas : les garçons nous laissent de côté, nous les filles. Ils se battent entre eux, ils se roulent dans les copeaux de bois de la cour de l'usine et nous on les regarde. Alors je les attaque, je chatouille, je mords mais ils ne se décident jamais à vraiment jouer. Qu'ai-je crié ce jour-là, peut-être un de leurs gros mots à eux que je leur renvoie en provocation. Dans l'imagerie de la mémoire, deux garçons de quatorze ans, des grands, se tournent vers moi. L'un des deux lance à l'autre QU'EST-CE QU'ELLE DEVIENDRA CELLE-LÀ. L'intonation de mépris. La menace. Je me doute de ce que ça veut dire pour avoir les oreilles à traîner derrière les conversations des hommes. Je ne sais pas quoi répondre. Quel rapport insoupçonnable jusque-là entre aimer se battre, dire des gros mots, comme eux, et devenir une salope. Je me revois, blessée, et le pire c'était de ne pas comprendre, je n'avais même pas envie de me jeter sur lui et de le battre.

Ce que je deviendrai ? Quelqu'un. Il le faut. Ma mère le dit. Et ça commence par un bon carnet scolaire. Le samedi elle fait le compte des dix en dictée et en calcul mais ne moufte pas devant l'inévitable quatre en couture et le passable en conduite. Sourcilleuse à la moindre baisse, et que mon père ne trouve pas d'excuses à sa fille, n'ai-je pas tout le temps nécessaire pour apprendre les tables et faire les exercices de conjugaison. Ils ne me dérangent jamais dans mes devoirs, pas plus que dans mes jeux, pour me demander de mettre la table ou d'essuyer la vaisselle. « Tu n'as que ta petite personne à penser », disent-ils. 0 la grandeur du don, la beauté des sœurs aînées sacrifiées, le charme des petites filles serviables qui apportent les gâteaux à l'apéritif. Chez moi ça n'a pas cours, dénigré même. Et le ravissement pour la petite fille de se croire utile, l'idée qu'il suffit de bien ranger sa chambre, de débarrasser la table « gentiment » pour être aimée, je ne les connais pas. Responsable que de moi et de mon avenir. Confusément terrible, à de rares moments : ce serait tellement plus facile de faire plaisir en épluchant des légumes, en étant câline avec tout le monde, qu'en travaillant bien à l'école sans défaillance. Très rares moments. Le ciel gris lourd de septembre, les voix d'hommes tumultueuses là-bas, dans le café, les asters bourdonnent d'abeilles, bientôt la rentrée. L'avenir. J'ai entre sept et dix ans, je sais que je suis au monde pour faire quelque chose. Aucun frère ne me bouche l'horizon de son destin prioritaire.

Je sais maintenant que l'attitude de ma mère était aussi un calcul. Pas parce qu'elle n'appartenait pas à la bourgeoisie qu'il faut tout lui passer. Voulait une fille qui ne prendrait pas comme elle le chemin de l'usine, qui dirait merde à tout le monde, aurait une vie libre, et l'instruction était pour elle ce merde et cette liberté. Alors ne rien exiger de moi qui puisse m'empêcher de réussir, pas de petits services et d'aide-ménagère où s'enlise l'énergie. Ce qui compte c'est que cette réussite-là ne m'ait pas été interdite parce que j'étais une fille. Devenir quelqu'un ça n'avait pas de sexe pour mes parents.

Ça ne transitait pas non plus par le voile de la mariée. Patiemment, régulièrement, tôt, on me persuade que le mariage n'est qu'une péripétie d'après les études et le métier, exactement pareil que pour un garçon. Dans les promenades, ma mère me raconte des tas d'exemples à ne pas suivre, la petite Machin pourtant si bien si intelligente qui a loupé son bachot parce qu'elle était fiancée, une autre qui se montait la tête avec un beau mariage, le bec dans l'eau. La ville, à l'écouter, regorge de linottes qui se sont gourées et je sens bien qu'il faudra faire gaffe. D'autant plus que les bons exemples ne courent pas le quartier. Il y a Mlle Dubuc, image d'une fille tordue sous le poids d'une grosse serviette descendant du train de Rouen, elle fait sa médecine. Mlle Jay, professeur d'anglais au cours complémentaire, qui achète son lait et quelques courses chez nous tous les jours. Pas foule, non, mais des « mademoiselles », pas des filles Chose ou la petite Machin. « Il faut être bien armée pour la vie d'abord. » Naïveté de ma mère, elle croyait que le savoir et un bon métier me prémuniraient contre tout, y compris le pouvoir des hommes.

Il faut dire qu'il y a eu un blanc dans son mode d'emploi de la vie. Petite fille élevée sans entrave, dans une idée glorieuse d'elle-même, pas tout à fait. Je me dépatouille seule de cette chose-là, plus chaude et plus vivante que les jambes ou le ventre, ce qu'elle nomme quat'sous, dans ma tête j'écrivais catsou, dessous, souillé. Sale, à cacher. « T'as fini de promener en panais, qu'on te voit tout ! » À laver vite avec un visage sévère. Crapahuter seule dans le noir entre la crainte, plus tard la honte et la nécessité d'aller vers ce qui fait du bien. Savoir aussi, savoir, être aux aguets de toutes les phrases curieuses des grandes personnes. Je pense encore avec répugnance à mon corps de petite fille, mes rêves et mes conversations avec d'autres enfants. L'impasse totale sur cette période depuis l'adolescence. Quinze ans, l'idée tenace d'offrir à un garçon la complète innocence, cœur, âme, peau, et lui tel un dieu entrera en moi comme dans une maison vide. D'oublier les tâtonnements, les jeux de l'enfance et croire que le plaisir commence avec lui. En vrai, la première fois c'était dans un rêve, avant cinq ans. L'église où l'on me conduit quelquefois quand il y a de belles processions est sombre, immense, et je suis seule. J'ai envie de faire pipi d'une jolie manière, fourmillante, douce. Je m'accroupis au pied de la grande chaire cirée, une envie telle qu'elle brûle en moi sans jaillir. Alors j'aperçois le curé qui me fixe, dans ses deux robes, la noire et la blanche toute courte en dentelle. Mon envie devient terrible. Le soir descend. Je veux balayer la honte, parler en termes de victoire des découvertes, admirer mes prodiges de dissimulation vis-à-vis des adultes, ma ténacité pour résister à l'idéal de la petite fille angélique, aux inquisitions de monsieur l'abbé, un autre, pas celui de la chaire, à l'haleine fétide dans sa cabane. Parce que ce n'était pas triste de chercher instinctivement le secret de cette mystérieuse envie en explorant la petite maison rouge fermée par deux volets blancs, inquiétante de lisse et de fragilité, comme écorchée. Tableau caché. Mon trouble plus tard devant ces triptyques entrouverts au musée du Prado. Rouge, blanc. La reine se piqua et du sang tomba sur la neige. Ouvrir les volets. Visites précautionneuses où les affaires de dînette jouent quelquefois un rôle, quand je les regarde les autres jours elles ont l'air de se souvenir. Dans l'agitation de la classe du cours préparatoire, Chantal tournoyait devant Geneviève la baveuse, la « comme ça », doigt sur la tempe, elle a troussé sa jupe, écarté vite son secret en tirant de côté sa culotte, rabattu sa jupe, « allez Geneviève, fais ça ». Geneviève hoche la tête, celle qui-n'a-pas-tout refuse le jeu « il faut pas, ça va saigner ». Elle a presque raison, moi aussi je trouve que c'est une coupure à vif au milieu du corps mais qui ne saigne ni ne fait mal. Je n'imagine rien derrière cette image sans profondeur, jusqu'à neuf ans peut-être. Le « mien », on dit entre copines et cousines, ne ressemble jamais tout à fait au « tien ». Il y avait celles qui montraient et celles qui regardaient, celles qui se laissaient toucher et celles qui touchaient. Camp incertain pour moi, plutôt le second, parce que je suis souvent la plus petite de ces séances et que je n'ai pas de nouveautés à offrir. Prenantes et lentes leçons d'anatomie de Brigitte, ses yeux de braise sous ses boucles anglaises toujours à bouger, son menton pointu, elle adorait ça, montrer, expliquer, le vrai rouge qui viendrait, le noir déjà un peu là. Pas beaucoup de noms, on ne soupçonnait pas qu'il puisse même y en avoir des sérieux dans le dictionnaire pour ces choses. C'est le « ça », pour tout. Bientôt on sera « comme ça », formées disent les grandes personnes, plus tard on pourra « faire ça ». Quelle peur d'être découvertes en pleine séance instructive par les parents, dis donc ils nous mettraient en maison de correction, et on riait bravement. Impossible de résister à la curiosité de notre corps. Où est ici le « rien » que, je ne le savais pas encore, nous octroient les garçons. Tout, au contraire. Siège d'une histoire merveilleuse qui m'arrive en petits morceaux pas recollables facilement, est-ce que je cherchais seulement, le fantastique ne me dérangeait pas, tout ça ne pouvait pas être simple, les adultes n'auraient pas fait tant de chichis. J'avance à coups de conversation main sur la bouche, jeux furtifs et regards fouineurs dans les jardins à couples enlacés. L'éveil de mon corps ne se sépare pas de ce savoir décousu. Mes charmantes amies bien élevées de plus tard, elles me diront comment on leur a tout appris d'un coup, posément, la petite fleur, la graine, sur les genoux, et la maman traçait un joli dessin, tout était harmonieux, géométrique aussi, bien enclenché, description des pièces et programme détaillé progressif des opérations. Pas les envier, à elles non plus on ne donnait pas le mode d'emploi personnel, le seul qui compte. Le souvenir le plus lointain, quatre ans, un petit voisin de mon âge arrose le mur à côté de moi, on m'arrache à l'apparition. Révélation d'une différence tourmentante, qui me ravit ensuite vers huit ans quand on peut l'apercevoir bénignement, de loin, sur le satyre renommé du quartier de la Gaieté ou de plus près sur les petits frères de copines culottées « Fanfois, tu la montres ta titite ». Sans se faire prier, autant de fois qu'on voulait, si on n'avait pas trouvé le jeu lassant. Mais rires, toujours, devant le truc des garçons, alors que la vue du nôtre nous rendait plus sérieuses qu'au catéchisme. Rien qu'à nommer, c'était drôle, la machine, la baisette, « une », pour abréger. Drôle aussi de mêler le mot à des chansons anodines, par provocation : « Tu paries que je le dis. – Non. – Chiche. » Sur la balançoire, hurler : *Si c'était des zézettes ce serait bien plus chouette mais il n'en a pas Allah Allah Allah !* Curiosité, chose de jeu, presque ridicule. Ma mère l'appelle comme ces plantes minables sur le bord des fenêtres, les misères. « Cachez votre misère, père Milon, allons il y a des enfants. » Longtemps pour moi chose sans utilité, différence pure. Car les hommes font les bébés avec le doigt. Premier état de l'histoire à mimer. Problème de la durée, une minute, une heure. Non résolu, même quand je serai parvenue au deuxième état de l'histoire, que je saurai à quoi sert la misère. Et tous ces doutes merveilleux.

Une affiche immense sur la route de l'école m'intrigue. Une femme est allongée, la tête d'un homme au creux de sa robe, « *Confidences* l'hebdomadaire de la famille ». Ma mère a dit dans la boutique que c'était honteux des réclames pareilles. Est-ce qu'on ferait ça avec la tête aussi ? Et ce genou qui revient dans les plaisanteries des adultes, faire du genou sous la table, j'ai beau ne pas être inspirée par cette surface lisse, on ne sait jamais. Longtemps pour moi tout se joue en surface, aucun soupçon de pénétration plus profonde que le petit couloir aux volets fermés. Même les règles que je me figure comme des striures rouges et fines qui grillageront un jour ma peau. Les leçons de Brigitte ne devaient pas être claires. L'état suivant de l'histoire m'effarouche, ai-je deviné, me l'a-t-on murmuré, les sources du savoir s'embrouillent, c'est le trou humide à pipi et à enfants qui servira, pas la petite maison rouge. Fini de mimer, l'expérience sera inutile et douloureuse. Désorientée un temps que la partie importante de mon mien soit un souterrain où je n'ai jamais senti aucun picotement, un creux muet et invisible. La différence s'explique maintenant, logique, déconcertante. Maîtriser la surprise, comme à l'accoutumée. Du plus loin que je me souvienne, rien ne m'a rebutée, rien ne m'a jamais, pendant l'enfance, été anxiété ou dégoût. J'ai dû accepter cette nouveauté, écarter l'inquiétude d'avoir une partie inconnaissable en moi pour ne penser qu'à la promesse de plaisir. « Faire ça » ne pouvait pas être autre chose, ce qu'il y a de plus important au monde, un acte que, naturellement, inconsciemment, je dégage des conséquences affreuses qui y sont inévitablement attachées, la venue d'un bébé. Comptine en vogue au cours moyen, l'année de la communion solennelle : *À Marseille je l'essaye / À Paris je me marie / À Toulon j'ai le ballon / À Mâcon j'ai le morpion.* Il n'empêche, le plaisir d'abord, j'ai toujours gommé la suite dans mes imaginations. L'accouchement, la seule chose qui me fascine d'horreur car je l'ai appris dans *Autant en emporte le vent,* des cordes, de l'eau chaude et se cramponner aux barreaux du lit en hurlant. La torture et l'épouvante. Obscurs chuchotis de naissances difficiles aux fers, sans doute comme les pinces que mon père utilise pour décoincer les pneus de vélo à réparer. J'ai toujours repoussé cet épisode de mon histoire, préférant me fixer sur des échéances plus gaies, l'apparition de la poitrine, des poils et du sang, phénomènes que je guetterai avec curiosité, que le temps est long, surtout pour la dernière métamorphose, ce miracle qui arrive sans signe avant-coureur, vous ne savez ni le jour ni l'heure, l'événement pur, et comme pour tous les événements qui doivent survenir dans mon corps, je n'imagine pas d'après. Un jour je serai une petite fille avec ses règles, je me promènerai dans une gloire rouge, je m'endormirai avec ma nouvelle personne, la vie touchera à sa perfection. Sauf l'accouchement, qui ressemblait à une punition, toutes mes métamorphoses, je me les représente comme des fêtes. Je ne croyais pas aux grimaces de douleur de certaines filles tous les mois, ma mère ne se plaignait jamais et je ne pouvais pas associer le bonheur d'être enfin « comme ça » avec des coliques. J'étais sûre de ne pas souffrir. Et aussi que j'aimerais « faire ça ». Elle n'était pas simple l'histoire à venir, je ne savais pas grand-chose sur les garçons, mais je la sentais joyeuse. La bicyclette cahote sur la terre sombre de la cour où l'herbe ne pousse pas, je serpente entre les casiers, j'amène à coups de pédales l'Inde et l'Argentine dans ma tête mais aussi ce corps glorieux de demain auquel tout sera permis. Voyager et faire l'amour, je crois que rien ne me paraissait plus beau à dix ans.

La ligne du corps ne se confond pas avec celle du cœur, plus pointillée. Ai-je vraiment été une petite fille amoureuse. Les garçons, objet de curiosité, partenaires obligatoires des rêveries, ont-ils des noms et des visages. J'en invente beaucoup d'après mes lectures. Charles, celui dont Scarlett ne veut pas, est mon fiancé à l'époque du doigt nécessaire et suffisant. Dans *La Semaine de Suzette*, je trouve des héros de quatorze ans, le bon âge, et je les accompagne dans la recherche de trésors au fond de manoirs bretons. Il y a eu des « bonamis » réels. Les copines m'en trouvent plein, tu as çui-là et le gars Fouchet, qu'est-ce que je suis fière, je trie, je dis mes préférences, et je jure sur ma tête que si l'occasion s'en présente, je ferai tout avec celui-là. Quelle occasion. « Bonjour, bonjour. » Même le prénom, on n'osait pas, ç'aurait été une vraie déclaration. Noms oubliés. Il y a eu surtout ceux dont je ne me vantais pas. Mes efforts pour alpaguer le doux enfant de chœur au teint de cire qui accompagne la vieille chaisière pour ramasser les sous, côté droit de l'église. Il apparaissait entre l'évangile et l'élévation, les yeux baissés, dans son joli surplis de dentelle, par-dessus sa robe rouge un peu courte, je voyais ses chaussettes. Il tend sa petite main fine et moite, j'y mets ma pièce de vingt francs. Il doit m'en rendre dix, j'offre ma main. Tous les dimanches j'attends un regard, quelque chose, la conquête foire toujours, Dieu et la Vierge ne m'aident pas. Je ne sais pas encore qu'il ne suffit pas d'être là pour attirer l'attention, il faut être mimi, un peu coquine, et qu'est-ce que c'est maladroit de se jeter ainsi à la tête des garçons, ils veulent conquérir, etc., toute la tactique que j'apprendrai plus tard. Ceux dont je me vante. Un grand garçon en visite à la maison, qui vient de réussir son certificat, me plante à l'improviste ses lèvres dans mon cou en m'immobilisant d'un bras violent par-derrière et s'enfuit. Je reste perplexe, je n'ai pas défailli sous « son baiser brûlant », j'étais en train de regarder les lapins grignoter la biscotte que je leur avais apportée. Peut-être que je n'étais pas préparée à l'événement. Mais enfin ça y est, je peux raconter que j'ai été embrassée. Celui dont le nom pendant des années a été magique. Jacques. Les yeux noirs, les dents blanches, le sourire éclatant, non c'est la chanson de l'époque mais c'est pareil, en plus des cuisses brunes dans un short blanc. Tout un après-midi on a joué ensemble aux patins à roulettes et il ne tombait jamais. C'est l'été. Nous nous sommes dit au revoir dans la rue de la cité. J'attends le car avec mon père. Depuis l'arrêt, je vois le début, de la rue où habite Jacques. Nous avons attendu longtemps, je regardais la route goudronnée, les espaces vides avec de vieux objets rouillés, au loin des usines qui faisaient un bruit de mer. Je ne savais pas que c'était mon premier paysage de séparation. Je pensais revenir l'année prochaine. « Jacques a dit levez le bras, Jacques a dit faites un pas. » C'est lui qui me parle à travers cette fille dans la cour de récréation. J'écrivais ses initiales partout. Et ça encore, plus lointain. On m'a emmenée au concert militaire sur la place des Belges, que des dos râpeux en manteau, le ciel fumée. Entre les têtes s'inscrit la nuque d'un soldat soufflant, dans un clairon peut-être, parfois un début de profil, un bras qui se baisse. Toujours cette peau à laquelle je reviens, entre la ligne bien droite des cheveux et le col kaki. Je ne gratte pas interminablement le sol du bout de ma chaussure, je n'observe pas les dessins des graviers, je ne m'invente pas une petite maison entre les pieds des personnes, toutes ces ressources quand on est coincé à la même place. Aujourd'hui, en contemplant cette nuque, je viens de comprendre ce qui se passe entre un homme et une femme et que toutes les descriptions de Brigitte ne m'avaient jamais fait sentir. Lumineux. Pas une histoire de cabinets. Première vraie présence d'homme.

Dans la cour des vacances, avec ses grands nuages blancs, son odeur de cave près des casiers remplis de bouteilles vides, je fais de la balançoire, je me parle toute seule. Un client se glisse dans le café, la blouse blanche de ma mère s'agite près des étagères. Tapements réguliers, métalliques, d'un atelier, élancements tremblés de la scierie, des trains manœuvrent sur la voie toute proche. Les hommes remuent le monde, le font trépider autour de mes dix ans. Ils construisent des routes, réparent des moteurs tandis que les femmes ne font que des petits bruits à l'intérieur des maisons, le balai cogne les plinthes, la machine à coudre murmure. Comme toutes les petites filles, je l'ignorais. La vibration de la ville n'a pas de signification, c'est un creux où se niche mon existence précieuse pour moi, pour mes parents. Le monde des garçons ne me menace pas. Rien qu'un rêve intermittent, une promesse de bonheur. Ni ombre ni lumière absolue encore.

Des années que je crois pleines. Illusion. Minées sans doute par des réflexions, les sourires des chochottes, la religion, la découverte d'autres modèles. Images plus décolorées que celles de ma mère, les demoiselles de l'école, mais des femmes fortes et actives aussi, toutes-puissantes, avec leurs mains qui écrivent des choses difficiles au tableau, avec leur façon d'attendre, l'œil fixe, les bras croisés « veuillez vous ranger et vous taire ». Elles savent tout, et si je ne les aime pas parce qu'elles me sont trop étrangères par leurs mots et leurs airs discrets, je les admire. Ça ne fait pas un pli pour moi que les femmes sont plus savantes que les hommes. Ceux qu'on voit à l'école portent des robes comme ma grand-mère, longues et noires. L'aumônier et l'archiprêtre que la directrice entraîne à travers les classes chaque trimestre pour donner les notes. Il a pour nous des sourires mouillés un peu gagas qui constrastent avec la tête rouge et furieuse de la directrice toujours à deux doigts d'éclater devant notre paresse et notre imbécillité. Bien sûr c'est elle qui compte. Je n'ai pas lieu de la craindre question notes. Le dire, la bonne conscience de soi bien narcissique que ça donne, la réussite scolaire. La liberté, l'assurance. Un début de pouvoir forcément. Les maîtresses ferment les yeux sur mon exubérance, je la garde longtemps, fille unique si heureuse de me trouver vingt compagnes de jeu et de parlotes même si la moitié est faite de crâneuses, de pleureuses à la moindre beigne. L'autre moitié, la moins bien habillée, la plus malpolie, suffit à mon bonheur. Pouvaient pas se contenter du gratin, les chères demoiselles, il fallait prendre les filles de culs-terreux, bien payants, et faire nombre avec celles des employés et des ouvriers qui avaient des idées hautes. Élisabeth, qui venait l'hiver en classe avec les bas de sa mère cousus à sa culotte, Chantal, tellement excitant de faire avec elle les rues du centre après l'école. Ensemble on a acheté *Le Diable au corps* à cause de la couverture. Bernadette, épatante à regarder la maîtresse sous sa frange, voulez-vous bien baisser les yeux effrontée, rien à faire. Mes copines. Elles n'avaient pas souvent la croix, la belle médaille de cuivre qu'on offre le samedi aux plus méritantes, les appliquées, les sages, les saintes nitouches qui reniflent l'arrivée de la maîtresse à cent mètres, tout de suite en position angélique. C'est la directrice en personne qui la remet, avec un baiser. Faut voir ce qu'elles rayonnent, les filles. Dès le lundi elles se ramènent avec, épinglée à la blouse avec un ruban superbe, à deux coques, quatre même, une vraie fleur. Il y en a qui doivent la récurer au Miror. Un truc terrible pour moi. On s'obstine à me la donner, « bien que ma chère petite, vous ne la méritiez pas pour la conduite. Pour le soin. Sachez-le, la dirlo me fixe sévèrement, on peut avoir dix partout, et ne pas être agréable au bon Dieu. Il était une fois une petite fille extrêmement douée, aucune d'entre vous ne lui serait arrivée à la cheville, elle réussissait tous ses examens, tous. Savez-vous ce qu'elle est maintenant ? ». Un grand silence. Je suis toujours debout à attendre la croix. « On la pousse dans une voiture. Elle n'a pas plus d'esprit qu'un enfant de deux ans. Une maladie que Dieu lui a envoyée. » Une seconde, je voudrais être la dernière de la classe, mais pas davantage. Même si Dieu visiblement n'aime ni le calcul ni la grammaire, ma mère, elle, dit que c'est important et la sagesse, les petits dessins dans le cahier de récitations, pipi de chat. La croix, une foutaise. En plus, je la perds, ma mère s'énerve en retournant les tiroirs du buffet, on la retrouve coincée dans les paquets de biscuits. Pas de beau nœud à deux coques, « j'ai pas le temps ! Travaille, c'est le principal ». Difficile dans ces conditions de croire tout ce que dit la directrice.

Plaisir d'être moi à fond dans la poésie récitée sans fautes, les exercices d'accords ou les problèmes justes. Force. Soutien contre cette évidence que certaines filles de la classe plaisent aux demoiselles plus que d'autres, celles que j'appelle les crâneuses, mignonnement habillées, avec des boucles, des bouts-de-choutées par leur mère, une petite barrette ici, un col blanc là. Moi j'ai des tresses réunies au sommet de la tête, pas de cheveux dans les yeux, ça gêne, un principe sans réplique de la mienne. Petites filles douces, gentiment espiègles, gracieuses innées, je croyais. Celles que la maîtresse des fêtes, saynètes et sautillements en tous genres à l'usage des familles, vient cueillir certains jours dans la classe : « J'ai besoin de six pâquerettes pour *La Valse des fleurs*, voyons levez-vous, celle-là, très bien. » Presque toujours les mêmes. Au début j'ai espéré. Tant pis, ce serait l'année prochaine.

Prise une fois et renvoyée deux minutes après. Je suis trop grande, toujours, quelle que soit la classe, trop gauche, paralysée à l'idée de faire évoluer mes bras et mes jambes sous les regards curieux. Exclue. Les choisies conservent pendant des semaines leur signe d'êtres à part, on vient les chercher en plein cours pour les répétitions, elles reçoivent des ordres mystérieux, « à une heure salle Saint-Louis ». Enfin elles apparaissent un soir sous les lumières, en tutus immaculés, révélant leur nature de poupées vivantes. Si je ne suis pas poupée, qui suis-je alors ?

Vite, venez à moi mon apparence imaginaire, celle que je me fabrique quand je m'ennuie en classe, en prenant les longs cheveux blonds de Roseline, « ce serait un crime de les couper », a dit la maîtesse, les joues roses rebondies de Françoise, la finesse d'allure de Jeanne, un petit Tanagra, j'avais lu ça quelque part. Que mes yeux à moi, ils n'ont rien de spécial mais j'y tiens. En sourdine déjà l'étrange feuilleton que je me raconte pour effacer la fille réelle et la remplacer par une autre, pleine de grâce et de fragilité. Avant la cloche d'une heure et demie, sous les tilleuls les grandes filles de cinquième et plus parlent, rient, l'une d'elles porte des bottillons rouges et une blouse bleue. Je l'aime parce que je lui ressemblerai, comme elle je coucherai ma tête sur mon bras et je dirai « de l'algèbre, quelle barbe ! ». Je suis loin d'avoir son visage rond, ses jambes graciles mais ça viendra en même temps que l'algèbre. J'adorais la regarder, pas facile, on court autour d'elle, des blouses l'obscurcissent, et elle resurgit à ma vue, ignorante de mon existence parce que les grandes s'en balancent toujours des petites. Je ne m'identifiais jamais à celles qui ressemblaient à des garçons par leurs traits, leur silhouette longue et robuste ou qui s'éloignaient de l'image de la jolie petite fille. Rolande, ma voisine de banc toute une année, a l'air d'un berger du livre d'histoire sainte. Quand sa bouche pâle chuchote près de ma joue, j'ai envie de reculer, elle n'est pas si grande la différence fille-garçon physiquement quelquefois, terrible soupçon confus. Plein pourtant de ces camarades de classe pas bien définies, pourquoi ce malaise, sinon parce que j'ai déjà dans la tête l'idée qu'une fille doit être douceur et courbes molles. Tous ces visages où je cherche le mien, non je ne suis pas tout à fait entière à dix ans comme je voudrais l'espérer.

Pour saper la confiance en soi et la volonté, mais pas brutalement, tout en douceur religieuse, elles étaient un peu là les demoiselles, comme si elles nous refusaient la grâce qu'elles avaient pourtant reçue, d'enseigner et de se débrouiller seule. Ce bouleversement, cette incrédulité, je me souviens de tout, la maîtresse, la Sylvestre, qui ne me blairait pas, toujours à me reprendre et se moquer de mes manières, elle ressemblait à sainte Thérèse de Lisieux, avec ses tifs ramenés par une barrette derrière la tête et dégoulinant dans le dos. Joyeuse ce jour-là : « Dites-moi mes petites filles, qu'est-ce que vous voulez faire plus tard. Fermière, oui, secrétaire, très bien tout ça. » Et elle demandait pourquoi, elle nous guidait. À moi elle m'a coupé la chique : « Tu seras épicière comme ta maman sûrement ! » Je n'en revenais pas, moi qui croyais dire institutrice. Elle savait certainement mieux que moi. Tant pis. On passe à Marie-Paule, qui avait un sourire jusqu'aux oreilles, tranquille. « Et toi ? – Moi je serai maman. » Les hurlements de rire, tout le monde, même les chochottes, on se regardait parce que ça double le plaisir de se regarder rire, on s'affalait sur les tables. Terrible, la Sylvestre nous a arrêtées : « Taisez-vous petites sottes ! » Elle s'est mise à parler doucement, lentement, en nous balayant de ses yeux sévères : « Maman, vous ne le savez pas, c'est le plus beau métier du monde ! » Personne n'a bronché. Fermière, docteur, religieuse même il y avait eu, épicière, zéro tout ça. Resté en moi comme une scène incompréhensible. Peut-être parce que c'était la première fois où j'ai eu mes certitudes en débandade. Elle faisait bien les choses la Sylvestre de Lisieux, deux vérités d'un coup, que fille d'épicière j'étais, fille d'épicière je serais et que poulotter des mômes, pousser un landau, dans l'ordre des destins il n'y avait pas au-dessus.

« T'occupe pas de ça, travaille. » Le discours maternel remet tout en place. Contraignant, mais rassurant. Pourtant il a dû laisser des traces, ce rabâchage entendu pendant douze ans, qui exalte le don de soi et le sacrifice. Le corps est sale et l'intelligence un péché. Les prières, pas le plus grave, mais les récits de saintes, Agnès, l'agneau blanc, torturée, livrée aux lions, fouettée, Blandine, même scénario, Maria Goretti un couteau en plein cœur, et Jeanne d'Arc, j'en ai pleuré en classe. Bernadette, presque illettrée mes enfants, c'est elle que le bon Dieu a choisie, une humble bergère, modeste, pauvre, croyez-vous que le bon Dieu soit allé chercher des savants, il aurait pu, et les trois enfants de Fatima, et la Salette, etc. Fascinée. La simplicité, l'innocence, le corps pour rien, même le fin du fin qu'il soit martyrisé, couvert de scrofules comme sainte Germaine. Elles ont fait le sacrifice de leur vie, rien ne saurait être plus agréable à Dieu, petites filles. Sucer avec délices des souris en caramel, grimper à la corde lisse, bavarder dans les rangs, tout cela est vaguement faute. Faire des sacrifices, le leitmotiv, par exemple s'empêcher de parler quand on en a envie, se priver de dessert, faire la vaisselle à la place de maman, toutes les fois que vous n'avez pas envie de faire quelque chose faites-le. Avoir son carnet de sacrifices, les noter. Il y en a qui noircissaient le carnet, numérotaient. Émulation dans la négation de soi. Peut-être que c'était la même chanson dans les boîtes religieuses pour garçons, qu'on les soumettait au même régime de pureté et de peur, mais sûrement pas étouffés autant que nous, peuvent se battre, on les encourage à devenir des chefs et les bons pères ne méprisent pas les couilles, duas habet. Très tôt persuadée que les femmes sont plus pieuses que les hommes, elles remplissent l'église le dimanche et mon père attend Quasimodo pour aller à confesse et faire ses Pâques la mort dans l'âme, juste pour ne pas provoquer le drame à la maison. Qu'elles doivent être plus pieuses. Si un homme ne l'est pas, c'est sans importance, nous les filles sommes là pour sauver le monde par nos prières et notre conduite. Heureusement que je me sens dépassée, infiniment pas à la hauteur malgré mes efforts, mes sacrifices, qui ne me comblent pas du bonheur prédit. Je lutte pour ne pas montrer mon infamie : la joie que j'éprouve à collectionner les bonnes notes, à voir ce qu'il ne faut pas voir, à piquer des bonbons à ma mère. Ma méchanceté naturelle. Mon absence de soin, qui éclatera tout de même, taches sur les cahiers, je n'ose pas dire que je travaille sur la table de la cuisine, traces de doigts sur les carrés de couture. « La propreté est le reflet de l'âme, mademoiselle ! » Je suis percée à jour. La tache, le mot lancinant, Marie sans tache. Comment réussir à dissimuler tout ce que je charrie comme violence et désirs. Si difficile, l'ange gardien dans le dos, Dieu qui est partout, la conscience, ce gros œil sans paupières flottant dans un coin du plafond, première leçon du livre de morale. Aux séances de catéchisme dans la chapelle glacée, en vain je me fourre dans les derniers rangs avec les rigolotes, la directrice me ramène sous les lunettes de l'aumônier. Et les billets de confession du vendredi, institution affreuse. On écrit son nom sur un papier que la maîtresse ramasse et fait parvenir au curé. Tout à l'heure, en plein problème de surface, une fille entrera, donnera le papier à la maîtresse, le cours s'arrêtera, elle lira le nom tout haut. Qu'on sache qui est assez scrupuleuse, assez proche de Dieu, pour se vouloir blanche et sans tache. Gloire de se lever, de partir et revenir vingt minutes plus tard avec un autre papier et un autre nom. La chaîne des bonnes petites filles. La honte secrète de rester à sa place, tout de suite repérée par les camarades et la maîtresse. Barbouillée de répugnance, j'entre une fois par mois dans la chaîne. Mais résister, se taire. À tout prendre je préférais la culpabilité de la faute cachée à ce moment atroce et mou qui suit l'aveu. Agenouillée entre les statues de sainte Cécile et de saint Laurent, j'ai horreur d'avoir dit au curé que j'étais orgueilleuse, que je volais des pruneaux et chantais de vilaines chansons. Cette langue passée sur les grosses lèvres, cette curiosité fétide, je me haïssais. Les petites filles doivent être transparentes pour être heureuses. Tant pis. Moi je sens qu'il est mieux pour moi de me cacher. Portée à croire que ça me sauvait cette attitude, je me préservais par en dessous, les désirs, les méchancetés ; un fond noir et solide. Par le même réflexe de défense, j'avais une trouille bleue que la Vierge m'apparaisse, après j'aurais été obligée d'être une sainte et je n'y tenais pas. Je voulais voyager, manger des papayes et du riz avec des baguettes, me servir de mon mien, et devenir docteur ou institutrice. De leur discours, j'en prends donc et j'en laisse.

On en laisse toujours moins qu'on s'imagine. Surtout qu'il est ardu, impossible même, de repérer à dix ans des tas de rapports, comme entre cette admiration qu'on nous inculque pour la Vierge, notre mère à tous, l'église aussi est notre mère, et le respect de « votre chère maman ». J'espère que vous l'aidez, mes petites filles, jamais vous ne lui prouverez assez votre reconnaissance, la maison en ordre, c'est elle, votre robe repassée, c'est elle, et les repas, etc. Interminable. Lourde à porter l'iconographie maternelle déballée par l'école des sœurs. « Votre maman, quand vous lui faites de la peine, elle pleure en secret. » Les deux vallées de larmes dans les joues de la Vierge. « Que deviendriez-vous sans votre maman ? » La maîtresse se fait menaçante. La terre se vide, dans un rêve de désert, j'avance à l'aveugle, seule au monde. Encore une angoisse molle à me rappeler la mélopée de ces voix, atrocement mielleuse et tragique. Prouver à toute force sa reconnaissance. Napperons brodés, corbeilles de raphia, compliments avec des cordelières de coton perlé, vite dès la rentrée de Pâques, toutes les fins d'après-midi bruissent d'une activité trépidante, on prépare la fête des Mères. Pour moi c'est la liberté, l'école pour rire enfin, je passe des moments délicieux, l'aiguille à la main, un point toutes les minutes, à raconter des histoires, en écouter. Une voix glace soudain la fête : « Mademoiselle, je vous vois, vous ne faites rien, vous n'aurez pas fini votre corbeille ! » J'ai envie de dire la vérité, celle dont je suis sûre à onze ans, que ma mère s'en bat l'œil de son cadeau, le dimanche de la fête, elle devra trisser d'un bout à l'autre du magasin tout le matin, que le petit paquet posé entre le plat de sardines à l'huile et sa serviette la fera se tortiller de gêne « gentil tout plein, un bisou ! » et puis « range-le, qu'on ne le salisse pas ». Terminé. Qu'il n'est pas question de réciter le compliment, ce qu'on se sentirait ridicules toutes les deux. Je n'oserai jamais avouer des choses pareilles, d'autant plus que la maîtresse affirme devant toute la classe : « Si vous ne finissez pas votre corbeille, c'est que vous n'aimez pas votre maman ! » Je pique du nez sur mon ouvrage, persuadée d'être un monstre, même si chez moi la fête des Mères c'est roupie de sansonnet.

Obscurément, en ces occasions, je sentais avec malaise que ma mère n'était pas une vraie mère, c'est-à-dire comme les autres. Ni pleureuse ni nourricière, encore moins ménagère, je ne rencontrais pas beaucoup de ses traits dans le portrait-robot fourni par la maîtresse. Ce dévouement silencieux, ce perpétuel sourire, et cet effacement devant le chef de famille, quel étonnement, quelle incrédulité, pas encore trop de gêne, de ne pas en découvrir trace en ma mère. Et si la maîtresse savait qu'elle dit des gros mots, que les lits ne sont pas faits de la journée quelquefois et qu'elle flanque dehors les clients qui ont trop bu. Tellement agaçante en plus la maîtresse à susurrer « votre mââman », chez moi et dans tout le quartier, on disait « moman ». Grosse différence. Ce mââman-là s'applique à d'autres mères que la mienne. Pas celles que je connais bien de ma famille ou du quartier, toujours à râler dur, se plaindre que ça coûte cher les enfants, distribuer des pêches à droite et à gauche pour avoir le dessus, incroyable ce qu'elles manquent du « rayonnement intérieur » attribué par la maîtresse aux mââ-mans. Mais celles, distinguées, pomponnées, aux gestes mesurés, que je vois à la sortie de l'école quand mon père m'attend près de son vélo. Ou celles qu'on appelle dans l'*Écho de la mode* des « maîtresses de maison », qui mijotent de bons petits plats dans des intérieurs coquets, dont les maris sont dans des bureaux. La vraie mère, c'était lié pour moi à un mode de vie qui n'était pas le mien.

Marie-Jeanne, si peu ma copine, pourquoi m'invite-t-elle ce jour de juin à boire de la limonade chez elle, une villa dans un petit jardin. On devait vendre ensemble des billets de tombola dans sa rue. Le couloir sombre, avec des tableaux, débouchait sur une cuisine miroitante, blanche comme dans les catalogues. Une femme mince, en blouse rose, glissait entre l'évier et la table. Une tarte peut-être. Par la fenêtre ouverte j'apercevais des fleurs. On entendait juste l'eau du robinet s'écouler sur des fraises dans une passoire. Silence, lumière. Propreté. Une espèce de femme à mille lieues de ma mère, une femme à qui on pouvait réciter le compliment de la fête des mères sans avoir l'impression de jouer la comédie. Femme lisse, heureuse je croyais parce qu'autour d'elle tout me paraissait joli. Et le soir, Marie-Jeanne et ses frères mangeraient tranquillement le repas préparé, comme dans la poésie de Sully Prudhomme, ni cris ni sous comptés aigrement sur un coin de table. L'ordre et la paix. Le paradis. Dix ans plus tard, c'est moi dans une cuisine rutilante et muette, les fraises et la farine, je suis entrée dans l'image et je crève.

Pourtant, jusqu'à l'adolescence, je trouve normal que mon père soit à la vaisselle et ma mère aux casiers. Cuisine, repassage et couture ne sont pas des valeurs pour moi, pour qui d'ailleurs, à l'école on expédie à l'« enseignement ménager », sous les combles, toutes celles qui roupillaient au fond de la classe, dont on est sûr qu'elles n'auraient pas le certificat d'études en triplant. Les danseuses de dix ans en tutus me pincent le cœur cinq minutes mais dans la cour je m'envole sur la balançoire, je pédale en rêvant, j'ai toujours envie de me dépenser comme répète ma mère. Belle ou laide, gracieuse ou non, j'aime me regarder dans la glace en culotte petit-bateau et en chemise à faire des entrechats sur ma musique intérieure. C'est l'été, j'ai bientôt douze ans. Une nuit d'insomnie j'assiste pour la première fois le nez collé à la fenêtre à la levée du jour. Quand le bleu aura fini de pâlir, je m'endormirai dans l'étonnement d'une découverte étrange et précieuse. C'était comme quelque chose d'interdit. J'étais encore libre et heureuse cette année-là.

En deux ou trois ans je vais devenir une fille évidée d'elle-même, bouffée de romanesque dans un monde rétréci aux regards des autres. Quelles résistances ont craqué. Des signes annonciateurs j'en trouve déjà dans cet été de mes douze ans, mon intérêt accru pour les romans d'amour de ma mère, pour les chansons du poste les plus sentimentales, la fondante *Étoile des neiges* et ce *Boléro* sous le ciel rouge et noir où chantent les guitares... Ma découverte que tous les hommes s'intéressent aux filles « girondes », à leurs cuisses quand elles sont en short. Claudine passe dans la rue, les ouvriers sifflent sur les échafaudages et elle n'a que deux ans de plus que moi. Mon inquiétude : me trouvera-t-on gironde ? Je retarde le moment de revivre mon adolescence. Je sens d'avance ma tricherie, je vais valoriser tout ce qui me paraissait alors si moche, indicible, mon corps réel, le plaisir, ma conscience fugitive de ne pas être une vraie fille bien féminine, et ridiculiser tout ce que je croyais alors si bien, si glorieux, être remarquée des garçons, avoir un genre. Je vais nommer vide les désirs d'amour qui me remplissaient la tête au cours de maths. Je m'écris, je peux faire ce que je veux de moi, me retourner dans n'importe quel sens et me palinodier à l'aise. Mais si je cherche à débroussailler mon chemin de femme il ne faut pas cracher sur la gigasse qui pleurait de rage parce que sa mère lui interdisait de porter des bas et une jupe moulant les fesses. Expliquer. Ne pas dire que j'étais une conne. Sont-elles seulement finies ces années, est-ce qu'elle ne remonte pas à mes quinze ans cette peur de me voir dans une glace sans préparation, sans avoir ajusté ma meilleure apparence, yeux, sourire. Je guette encore le reflet d'un corps imaginaire, celui qui a commencé de danser devant moi à l'adolescence, corps mince aux proportions harmonieuses, à la poitrine désirable, au visage gracieux-mystérieux-mutin-madone, où me caser, que choisir parmi ces masques ? Atteindre ce corps à tout prix. Sinon je ne plairai jamais à aucun garçon, je ne serai jamais aimée et la vie ne vaudra pas la peine d'être vécue. L'équation, belle facteur de plaire et d'amour égale le but de l'existence, elle est entrée en moi comme dans du beurre et plus sournoisement qu'$ax^2 + bx + c = 0$. Elle était écrite partout. Dans les romans des journaux de ma mère. Dans les livres qu'elle croit bons et sains pour mes quatorze ans, sur les conseils du libraire. Collection de Delly, Magali, et surtout la « Bibliothèque de ma fille » avec Mme Bernage et ses *Brigitte,* Elisabeth, ouvrages d'une « haute tenue morale », c'est-à-dire, je l'avais bien compris, que les filles s'y mariaient sans avoir jamais fait l'amour avant. Destins cependant enviables de jolies demoiselles bien élevées, pures, instruites ce qu'il faut, le bac souvent, mais pas de métier ensuite puisqu'elles doivent se marier. Infirmières en temps de guerre, toujours. Des filles seules et libres, il y en avait, elles se nommaient brebis galeuses, trop fardées, sale genre, et qui payaient leur mauvaise conduite par la tristesse, le remords, la pauvreté et la maladie. J'avais un faible pour elles, ces bohèmes, hardies, curieuses, mais visiblement pas dans le bon chemin comme Brigitte, bien mariée, pas pauvre et mère joyeuse de six enfants. L'idéal femme gnangnan, aseptisé, sur mon parcours, je le trouve toujours lié à la bourgeoisie et si je sentais que le sort des filles sages était préférable à celui des folles, c'est qu'il s'auréolait de sécurité, d'harmonie. Les femmes, l'été, faisaient des confitures dans une grande maison de campagne, les petits oiseaux chantaient, tandis que toussait et crachait dans une chambre de bonne celle qui s'était cru tout permis. Je préférais le bonheur forcément.

Et puis, dans les classes, dans la rue, il y a des filles qui se baladent avec des mines de chatte, le sourire enjôleur, elles font danser leur jupe, tirent sur leur pull pour montrer leur poitrine nouvelle, avec une assurance qui me surprend. Et ce sont celles-là qu'un petit ami attend dans une rue voisine de l'institution, qui sont tout excitées le samedi à cause de la surboum du soir, reviennent le lundi avec des mots nouveaux, empruntés aux garçons, le « bahut » ou « la g.d.b. ». Rêveuses aussi. Elles me semblent vivre intensément. « Zéro mademoiselle ! Vous n'avez pas ouvert votre géographie ! On se demande ce que vous avez dans la tête ! » Sourires en coin des copines bien informées, curiosité des autres. Et elle, l'élève interrogée, ni chaud ni froid, glorieuse même, comme détentrice d'un secret auprès duquel la production de pétrole dans le monde n'est que niaiserie propre à intéresser des gamines. Se rassoyait, supérieure, en faisant bouffer sa chienne blonde sur le front d'un doigt nonchalant. La liberté suprême. J'ai admiré les amoureuses avant de l'être. Quel vide en moi quand l'une de ces privilégiées au sortir de l'école me lâche d'un « bon, salut », traverse la route pour rejoindre celui dont la silhouette vient d'apparaître sur le trottoir d'en face. Je continue dans un désert. Quelquefois, je rencontre Claudine, ondulant sur ses hauts talons, vamp, mauvais genre que c'en est terrible, mais accompagnée de garçons. Je ne peux m'empêcher de l'envier. Le soir, en faisant mes devoirs, je mets la radio. *Un jour tu verras on se rencontrera...* Être élue moi aussi. Mais comment. L'engrenage. Je dépense une partie de mon énergie à me façonner une image séduisante. Avec quelle platitude, quelle application je me jette sur tous les signes extérieurs de la bonne féminité, celle qui aguiche, quelle ténacité pour m'affirmer jeune fille à quatorze ans. Mais ces bas, cette jupe droite, ces talons hauts, ne sont pas dans ma jugeote d'alors destinés à me transformer en « objet sexuel » mais à me rendre heureuse en étant choisie. Plus, quand je me promènerai la poitrine hérissée sous le pull, des bas aux jambes, j'aurai l'impression d'affirmer ma liberté. Le soutien-gorge, ce rêve. Ma mère ne songe pas à m'en acheter un, en paysanne elle n'en a jamais porté. Je n'ose pas lui en parler, ce serait avouer mon désir que mes seins se voient, mais à quoi sert « d'en avoir » si « elle » n'est pas mise en valeur, portez le soutien-gorge Lou, heureusement qu'une copine me sauve et m'en refile un des siens. Enfin comblée. Paroles des filles, dans la cour de récréation, plus tard à la cité universitaire même, « je n'en ai pas assez, je suis sûre qu'elle a des amplis, elle en a trop on dirait une vache, toi c'est des œufs au plat, ce qu'il faut c'est juste de quoi remplir la main d'un honnête homme ». Le grand souci. Je m'admirais devant la glace avec mes coquilles de tissu sur la poitrine, face, profil, torse bandé, bras levés. Ça ressemblait à un jeu. Pourtant, ils sont déjà comme acceptés d'avance les « dis-moi la marque seulement, les blancs avec de la dentelle sont les plus excitants, ils tiennent bien les tiens » des hommes. Pourquoi me sentir humiliée, seins parmi d'autres seins. En tourniquant devant la glace de l'armoire à quatorze ans il ne manquait que le regard de l'autre, pour moi-même j'étais déjà apparence. Au cours de rédac en quatrième, Marie-Thérèse se contemplait dans le miroir sombre de la fenêtre ouverte, d'imperceptibles mouvements l'agitaient, elle dressait le menton, penchait la tête, bombait les seins et tirait sur son médaillon en même temps pour les faire jaillir. Toutes ces filles qui n'en avaient jamais assez de se voir, n'importe où, dans les vitrines, entre les paires de chaussures, les robes des mannequins, celles qui avaient toujours le miroir dans la poche, avec le peigne. Le coup de peigne, prétexte à se vérifier le visage tout en se caressant mollement les tifs. Toilettes-dames, chacune devant sa glace, à se modifier la bouche, les yeux, gestes obscènes. Moi aussi je m'hypnotisais sur mon reflet.

Brigitte, ma prêteuse de soutien-gorge, disait qu'elle était trop maigre, que moi j'étais un peu grosse et puis trop grande, les hommes n'aiment pas les femmes grandes, se plaignait d'être « obligée » de se mettre des amplis, tortillait ses cheveux sur un doigt et souriait bouche fermée parce que ses dents n'étaient pas bien plantées. Difficile en réalité dans les fous rires qui nous prenaient pour un rien. On s'était perdues de vue depuis les séances instructives dans les vécés, deux ans plus vieille que moi, elle avait quitté l'école et suivait des cours de sténodactylo. On est devenues amies parce que c'était pratique pour les dimanches : à deux on pouvait aller au cinéma, au moto-cross ou à la quinzaine commerciale.

Initiatique, avec ses années de plus et son langage que toute sa petite personne menue et décidée rendait plus que vivant, indiscutable.

Vers deux heures le dimanche elle arrivait en se trémoussant, « tu t'es mis ta jupe plissée aujourd'hui », œil critique, « ça te fait des grosses jambes. » Elle enchaînait « t'as vu je me suis lavé la tête, j'ai les cheveux électriques ». Et de comparer les fringues, de nous les échanger, passe-temps favori, et comment tu me trouves avec ci et ça. Un jour où je me suis noué un carré de coton autour de la tête, j'attends son verdict. Un petit sourire et soudain, son ton affecté, celui des films : « Tu es de celles dont on ne dit rien. » Cinq secondes, le vide, néantisée. Mais dans ses moments cafardeux elle ne se ménage pas non plus, « on n'est pas des beautés, normales quoi ». Pas un pouce du corps qui échappait à sa sagacité, pas un orteil à bouger librement, des jambes à croiser, un rire à laisser partir sans penser à rien. Me rappelait tout le temps à l'ordre : « Les poils aux pattes c'est pas beau. Tu devrais mettre du vernis sur tes ongles de pieds. On te voit trop les cuisses quand tu t'assois. » Le corps tout le temps sous surveillance, encarcanné, brusquement éclaté en des tas de morceaux, les yeux, la peau, les cheveux, dont il fallait s'occuper un à un pour atteindre l'idéal. Entreprise difficile puisqu'un seul détail pouvait tout gâcher : « T'as vu celle-là, ses fesses en goutte d'huile ! » La plupart du temps Brigitte arrivait à me persuader qu'elle avait un genre, Françoise Arnoul peut-être, quelque chose d'attirant et de mystérieux, attention un bon genre pas voyant. Effarant ce qu'elle connaissait le code, paraître jolie, désirable tant qu'on veut, mais surtout pas laisser supposer qu'on est « facile », un de ses mots. Imbattable pour détecter « ce qui fait poule », la permanente trop frisée, le rouge trop rouge, les talons hauts avec des pantalons, ou « ce qui fait péquenaud », la combinaison qui dépasse, le jaune et vert ensemble. Elle naviguait adroitement entre deux frousses. À ses côtés je me sens parfois empouquée, voyante, ma mère choisit encore mes vêtements et elle ignore ces subtilités, moi-même j'ai du mal à croire qu'un pantalon noir donne mauvais genre et le même en gris un bon. Pas difficile de deviner maintenant qu'elle ne tenait pas à passer pour une ouvrière, Brigitte, un bureau pas pareil, son rêve c'était l'allure petite fille toute simple, maquillage imperceptible, de quoi dégotter un type sérieux, pas ouvrier de préférence. Les aventures ça lui faisait envie, avec Luis Mariano, elle n'aurait pas hésité, mais ça finissait toujours mal. Comme dans les romans et les histoires en photos qu'elle me refilait, femmes toujours refaites, des existences d'un loupé inouï et puis crac le bonheur. Là elle a échoué, Brigitte, je n'y croyais plus. Son exaltation du don total ne me bottait pas davantage, quand on aime un homme on accepte tout de lui, disait-elle, on mangerait sa merde. Plus tard j'en entendrai d'autres, plus évolué, plus précieux, sur la passion, se perdre dans l'autre, mais pareil au fond.

Je me suis mise à employer les étranges mots de Brigitte. Je les avais déjà lus souvent mais les entendre dans sa bouche me prouvait que c'était un langage possible à utiliser dans la vie. Elle parlait de séducteurs et de femmes fatales, de bouche sensuelle. Ses autres centres d'intérêt ne me laissaient pas froide non plus. Elle découpait dans *Cinémonde* des photos de Daniel Gélin et de Gérard Philipe. Moi aussi. Les nouvelles chansons, elle les repérait toutes, son désir secret c'était d'aller dans un crochet radiophonique, d'être découverte, mais elle n'a jamais osé ou elle n'était pas sûre de gagner. Je l'enviais de prendre en sténo *Deux petits chaussons de satin blanc* ou *C'est magnifique.* Cinq heures le dimanche, deux filles sortent vacillantes du cinéma, sur la place des Belges, le monde scintille gris, les têtes sont minuscules et laides. On dérive dans la foule qui tourne lentement dans les rues commerçantes. Arrêts incertains devant les robes et les journaux. Gérard Philipe et Michèle Morgan continuent de courir l'un vers l'autre dans le désert mexicain. Des types nous suivent. Ne pas leur répondre, tu aurais l'air de les encourager, elle m'apprend à vivre, Brigitte, le code encore et toujours. Plaire à tout le monde mais ne pas se laisser aborder par n'importe qui. Surtout que ce sont des gars « de la campagne ». On se fatigue de tourner devant les mêmes vitrines. Pas de types intéressants. On descend alors dans les rues sans magasins, parfois jusqu'au début de la forêt. Les primevères peuvent bien pousser sur les talus, les chatons éclater fin mars dans les bois, avec Brigitte je ne vais jamais à la découverte du monde. La nature pour elle ça fait prendre l'air quand on est enfermée toute la semaine au bureau. Regarder les étoiles même c'est intéressé, tu en comptes neuf pendant neuf jours et après tu rêves de l'homme que tu épouseras. J'entrais sans résistance dans sa promenade rétrécie. On parlait chansons, vedettes, garçons. Non. Pas seulement.

Elle se laissait aller souvent, elle oubliait le langage de *Nous Deux*, Brigitte, sa surface de petite fille comme il faut fichait le camp. Ensemble, on parlait de « ça ». Et de « ça », les filles, je le savais, ne doivent pas parler. Intarissable, informée, Brigitte, avec ses propos rigolards et crus me libérait tous les dimanches. Avec elle, le monde était un sexe immense, une formidable envie, un écoulement de sang et de sperme. Elle savait tout, que des hommes vont avec des hommes et des femmes avec des femmes, comment il fallait faire pour ne pas avoir de môme. Incrédule, je fourrage dans la table de nuit. Rien. De dessous le matelas je tire une serviette froissée, empesée de taches par endroits. Objet terrible. Un vrai sacrilège. Quel mot a-t-elle employé, celui des hommes, le jus, la jute, on ne connaissait pas, le savant peut-être, qu'elle avait lu quelque part, sperme, qu'est-ce que l'écrire à côté de l'entendre résonner dans la chambre de mes parents à treize ans. On se racontait des histoires à horrifier les adultes, n'importe quel objet devenait obscène. Jambes en l'air, sexes ouverts ou dressés, banalité des revues pornos, on faisait mieux en paroles et plus gai. Pas de discrimination, le masculin et le féminin se partageaient nos conversations techniques ou blagueuses. Impossible avec Brigitte de sombrer dans la honte le jour où la première secousse m'a saisie sous les draps, elle rit, moi aussi ça m'arrive, mais ne va pas le raconter au curé, ça ne le regarde pas.

Et quel triomphe de lui annoncer que je suis comme « ça » moi aussi, plus la peine de me faire des simagrées avec ses maux de ventre, moi je porte ma nouvelle situation avec bien-être.

Non je n'avais pas imaginé ainsi, le geste tranquille de relever la jupe plissée, baisser la culotte et s'asseoir sans penser à rien, le bas des cuisses bridé par l'élastique. La surprise absolue. Voir ce que je n'ai jamais vu encore, mon sang à moi, celui-là. Un état finit. Je reste à regarder comme les cartomanciennes du marc de café. Ça y est. Voilà cinq minutes après ma mère plaisante faux, « c'est comme ça qu'on devient jeune fille ». Ni plus ni moins jeune fille qu'hier, simplement un merveilleux événement. Impossible de dire à ma mère mon contentement, une chose à dire à la seule qui comprendra, Brigitte. Déjà le récit se déroule dans ma tête, figure-toi que lundi je vais à l'école comme d'habitude. Lui dire aussi ma crainte que ça s'arrête d'un seul coup, que j'aurais aimé une belle source limpide et que c'est un suintement marécageux, et elle ?

Tout lui paraissait bon à dire. Sûrement cette parole libre qui me liait à elle, la même qui ensuite me fera honte. Pas de chochotteries comme à l'école, pas d'inavouable. « Moi j'aime bien regarder les poitrines des femmes au cinéma ! » J'entends encore son ton assuré, les dimanches d'été, elle mâchouillait un brin d'herbe qu'elle recrachait régulièrement, « les femmes n'aiment pas faire ça, ma mère me l'a dit » et puis ses yeux de chat et son rire, « tant pis, moi j'aimerai ! » Parler le corps et le rire surtout. Mais j'étais sûre que c'était mal. L'idéal : l'autre Brigitte, celle de la collection pour jeunes filles, qui allait aux expositions de peinture et ne disait jamais un gros mot. Ma Brigitte à moi, elle ne l'oubliait pas non plus, le code de la vraie jeune fille. « Moi j'aimerai ça ! » mais elle se levait, tapotait sa robe gracieusement, faisait une petite moue de dignité, le nez en l'air. Tout ça, c'était entre nous, pas ainsi qu'il convenait d'apparaître aux autres sous peine de passer pour des vicieuses, des dessalées salopes. Même, il était tapi dans nos conversations secrètes, le code. Pas d'erreur, par Brigitte j'ai tout appris sur la virginité, la porte que l'homme ouvre dans la douleur, la marque de la bonne conduite, pas possible d'en dissimuler l'absence, sauf piqûres de citron et encore. Extasiée, la tête renversée, l'œil mi-clos, Renée, la copine de bureau de Brigitte, disait à la sortie de la messe : « Il m'a dit, si tu n'es pas vierge le soir du mariage, tu entends, je t'étrangle. » C'était devant le magasin d'électro-ménager et de valises. Quel frisson. Et les filles mères, il n'y avait pas à pleurer dessus. Les hommes, eux, pouvaient baiser tant qu'ils voulaient, mieux au contraire qu'ils aient de l'expérience, qu'ils sachent nous « initier ». Malgré mon enfance active, ma curiosité, j'ai accepté comme une évidence d'être en dessous et offerte, la passivité ne m'a pas répugné à imaginer, rêve d'un grand lit ou d'herbes face au ciel, un visage se penche, des mains, la suite des opérations ne m'appartient jamais. L'admettre, on osait décrire nos règles et nos envies, mais le mariage a commencé de me paraître obligatoire et sacré avec elle. Et tacitement, si on parlait de notre sexualité, on n'envisageait pas de pouvoir la vivre jusqu'au bout.

Pas facile de traquer la part de la liberté et celle du conditionnement, je la croyais droite ma ligne de fille, ça part dans tous les sens. Une certitude, l'époque Brigitte a été fatale pour ma mère, son image glorieuse en a pris un drôle de coup. Ça s'est joué sur du minuscule, des histoires de meubles poussiéreux, de lits pas faits et de tour de taille. Introduite dans mon intimité familiale, Brigitte me fait voir ce que j'avais senti jusqu'ici sans y attacher d'importance. Non, ma mère ne sait pas cuisiner, même pas la mayonnaise, le ménage ne l'intéresse pas, et elle n'est pas « féminine ». Cette phrase terrible, un jour de dispute : « Ta mère c'est une jument. » La plupart du temps, pas aussi direct, du rire même et des eh ben dis donc. « Eh ben dis donc, ta brosse à cheveux, elle aurait besoin d'un bon coup ! L'alcali tu connais pas, im-pec-ca-ble. » Les arguments économiques : « Ma mère elle me fait mes robes, toutes mes robes, ça revient moins cher. » Je réponds toujours que ma mère n'a pas le temps, vrai, mais pourquoi cette excuse et avoir honte de dire qu'elle préfère servir au commerce, calculer ses marges de bénéfices, honte d'affirmer qu'elle ne saurait pas me coudre une robe. Le pire, cet œil curieux de Brigitte, la première fois qu'elle est tombée sur mon père écrasant la purée, ô le spectacle insolite, l'horrible étonnement de sa question pointue : « C'est vous qui faites ça ? » Une autre planète, des bêtes de zoo. C'est vous qui épluchez les patates ! C'est vous qui lavez la vaisselle ! D'autres copines plus tard, même plus policées, faudra bien qu'elles la manifestent leur stupéfaction, bien embobinée, je la sentais malgré tout. C'est ton père qui, l'affreuse anomalie, le truc risible, les dessins humoristiques de *Paris Match*, l'homme-lavette. Si ma mère encore avait eu des circontances atténuantes, santé fragile ou mômes en pagaille. Rien. Comme un choix délibéré de vivre d'une manière anormale. Je n'arrive pas à persuader Brigitte que c'est sans importance, et plutôt pratique pour le commerce ce partage des tâches. Un homme popote ça alors. Et du coup tous les deux ridicules, la gentillesse de mon père se transforme en faiblesse, le dynamisme de ma mère en port de culotte. Ça m'est venu la honte qu'il se farcisse la vaisselle, honte qu'elle gueule sans retenue. Comme je la caresse alors l'image d'une mère affairée mais discrète, un petit Saxe quel rêve, au lieu de cette explosion permanente. Qu'ils sont dérangeants tous les deux, pas dans l'ordre, lequel, celui qui existe dans les familles bien, ou qui essaient de l'être, les dignes. Pas digne d'un homme d'éplucher des légumes, qu'il soit un peu comme les autres, à s'intéresser au sport, à hurler pour la moindre mauvaise note, supprimer les sorties et flanquer des bouffes. Les pères tonitruants, à l'école, font recette, il faut voir certaines filles raconter avec complaisance les exploits paternels, il m'a enfermée dans ma piaule, il me prive de surboum jusqu'à Pâques, leur ennemi mais elles ont l'air de l'adorer. L'autorité maternelle, ça ne fait pas aussi bien, il y a du poissard derrière. *Les Femmes savantes* par là-dessus en classe de troisième, et il faudra bien les trouver ridicules ces deux-là, Molière pensez, vomir sur Philaminthe et applaudir Chrysale dans son monologue à poigne, même si en secret ça ne me fait pas tellement rire.

Le normal, je le rencontrais en particulier chez Brigitte. Mme Desfontaines, toujours là, toupinant dans sa cuisine, petits lavages, petite couture minutieuse, et nous interdisant la salle à manger, vous allez salir. Univers menu, où à mes yeux on s'occupait de petites choses, récurer des boutons de porte, quelle farce, et comment s'interroger sérieusement cinq minutes pour savoir s'il fallait faire des nouilles ou du hachis parmentier. Univers ralenti, tellement silencieux pour moi qui vis du matin au soir dans un creuset de voix. Ce silence des cuisines l'après-midi. Vide, oppressant, pas celui de l'école, si plein quand les élèves travaillent, prêt à exploser en rires et en cris au-dehors. Un silence engourdissant. J'avais hâte de partir. C'est là que j'ai découvert une étonnante complicité ménagère entre mère et fille, dont je n'avais pas idée. « Tu as vu ton pull, je l'ai lavé au savon en paillettes, comme neuf. Je vais te faire un dessus-de-lit en cretonne, c'est frais, etc. » Brigitte aide aux épluchages, à la cuisine, et me fait sentir avec suffisance que je ne sais rien faire. Vrai, je ne sais pas monter une mayonnaise ni même peler une carotte vite et fin mais je pourrais lui rétorquer qu'à l'école je me débrouille plutôt bien. Non, ça ne compenserait pas. Pour une fille, ne savoir rien faire, tout le monde comprend, c'est ne pas être fichue de repasser, cuisiner, nettoyer comme il faut. Comment tu feras plus tard quand tu seras mariée ? La grande phrase de logique irréfutable, pour vous mettre le nez dans le caca, pas un œuf à la coque, bien bien, tu verras si ça plaira à ton mari la soupe aux cailloux ! Je rigolais, si loin le mariage, et je regardais vaguement Brigitte taper ses draps vigoureusement, pas un pli au lit, au lieu de rabattre ses couvertures comme moi. Tout de même, je commence à croire qu'il me « manque quelque chose ». Puisque toutes les filles, toutes les femmes doivent s'occuper de leur intérieur, il faudrait bien que j'apprenne ces choses, en plus de mon futur métier. Un des étés de l'adolescence, malgré les haussements d'épaules de ma mère, perds pas ton temps à ça, fais du vélo, je nettoie ma chambre tous les matins, et même la sienne, offusquée que je deviens par le désordre. Je repasse des torchons, des mouchoirs, du simple pour m'habituer. J'étends le linge de la lessive, une serviette, une épingle, une chemise, une épingle, je festonne la corde en gestes lents, l'air chaud de septembre me caresse les jambes, occupation douce et innocente de fille. Le dimanche, je confectionne une mousse au chocolat. Avec fierté. Moi aussi je sais. Au repas de famille du 15 août, je boirai du petit-lait, tous ils se régalent, ils disent « meilleur que chez le pâtissier », fini le « qu'est-ce qu'elle deviendra celle-là », ils s'empiffrent joyeusement de ma mousse au chocolat. Exultation d'être complète, il ne me manque plus rien. Mais ne pas exagérer, c'était un plaisir et un jeu, repassage et gâteaux, du délassement d'après lecture, du trompe-l'ennui des fins de vacances, un prétexte à goûter en toute impunité des mélanges de sucre et d'œufs, irritants de douceur, du chocolat fondu tiède, à pleines cuillers. Sitôt la classe recommencée, adieu le divertissement ménager, les choses sérieuses d'abord.

Ce que répètent ma mère, les profs. Je les crois, mais l'avenir s'embrume. Institutrice suffira bien. Déjà qu'on dit « les institutrices ne se marient pas ». Mon présent scolaire me pèse. La période pâteuse est démarrée. Rien ne m'intéresse plus vraiment au cours à partir de la quatrième. La relation de Chasles ou le postulat d'Euclide, vous avez perdu un objet auquel vous tenez, racontez, ce que ça me laisse indifférente. La révolution française, Hiroshima, quelques explications de texte, à la rigueur. Question travail, je me survis, ma curiosité d'hier a disparu, il ne me reste qu'une volonté tenace de ne pas baisser, de l'orgueil et rien d'autre. Ou bien je ne suis pas tout à fait sûre de mon charme, deux fers au feu, quoi que ça coûte. Je préfère penser que je ne me déprenais pas complètement d'une certaine idée de moi-même, si je ne fais rien, je ne suis rien, le langage maternel. Mais quelle énergie à déployer, dans ces années affalées, pour ne pas déchoir. Soirées où je traîne trois heures sur une compo de géométrie, je trace des droites et des perpendiculaires avec en surimpression dans la tête une chanson d'Aznavour. Ma position en classe, affaissée dans ma chaise, les coudes sur la table et les mains aux joues, l'œil rivé en apparence sur le livre ou le tableau. La position du rêve en toute tranquillité. Je prends l'habitude de décrocher sitôt les premiers mots d'une démonstration, pas suivi en quatre ans un cours de bout en bout, le soir j'essayais de retrouver dans le livre. Certains profs dictent leur cours, plus fatigant, mais avec un peu d'habitude on arrive à écrire en pensant à autre chose. Garçons, histoires d'amour inventées, chansons, désirs, la position assise, idéale pour, je suis à l'intérieur d'un grand rêve mou d'où je m'extrais avec douleur pour traduire une version latine. Fugitivement, des dimanches en revenant du cinéma, quand je pense aux devoirs qui m'attendent et, à côté de moi, Brigitte trottinant vers sa soirée doucette, préparatifs de vêtements pour le lundi, lavage de tifs pour plaire au comptable, j'envie cette existence sans heurts et sans angoisse. Sur quoi on va être interrogées demain, et toutes ces choses encore à apprendre, ces copies à noircir, ces examens à passer. Avoir un petit boulot, taper à la machine c'est amusant, s'acheter des fringues avec ses sous, sortir librement, faire comme la grande majorité des filles, n'être que futilité et attente. C'est l'époque où les clients, les connaissances de mes parents, commencent à dire d'un air finaud, « votre fille, vous l'aurez plus bientôt avec vous, hé hé ! ». Ma mère s'irrite un peu, « elle a bien le temps, qu'elle profite de sa jeunesse » mais elle ajoute aussi des fois, « le mariage c'est la loi de la vie », et que ça lui ferait deuil que je reste vieille fille. Ça me vient en ces années-là le désir d'irresponsabilité, la coule, et le sentiment que les études sont une solution d'attente ma foi pratique, on ne sait jamais, il faudra vivre, avant le grand amour. Se laisser prendre par la main, mon enfant ma sœur, la cuisine dorée, les fraises sous un filet d'eau chantant, un jour tu verras on se rencontrera. Et rien à l'école pour s'opposer victorieusement à ce mélange confus d'être aimée, choisie et pour cela plaire. Les bonnes sœurs brandissent la « modestie », tempêtent contre les pantalons qui excitent le désir des hommes, raison de plus d'en porter, nous engagent à lire *Christiane*, un journal où des filles photographiées avec le sourire béat cucul de la joie chrétienne, des fringues démodées incroyables, exaltent la vie droite, la camaraderie franche et pure avec les garçons. Elles font circuler *Toi qui deviens femme déjà*, mode d'emploi du corps et de l'âme qui sue la restriction et l'ennui. Rien que des trucs à éviter, en termes délicatement voilés, gaffer les garçons par-dessus tout ils sont « physiquement très différents de toi dans leurs réactions », victimes d'un « mouvement brutal, impérieux, dont ils ne sont pas maîtres ». Tandis que pour nous, il apparaît qu'on n'éprouve pas grand-chose et si on se laisse avoir, c'est qu'on l'aura voulu, nuance. À ces conseils pour enfant de Marie, notre injure entre filles, je préférais les conseils pour avoir un teint éclatant et les romans de l'*Écho de la mode*. La seule religion qui me fasse battre le cœur à quinze ans c'est celle de l'amour. Je ferais n'importe quoi, si tu me le demandais, Piaf a raison. Et je me réveille pour *Le Cid*, honneur et amour, saugrenu, mais de toute façon préférable à la guerre de Succession d'Autriche. Rêvaient-elles comme moi, les copines de classe, je me souviens de leur « qu'est-ce que j'ai dormi ! » en français, en maths. Toutes appliquées en apparence, jamais de devoirs pas faits, de révolte, rien que des rires et des chuchotements. On cherchait simplement à se maintenir, troupeau sans ambition. Des exceptions, il y en avait, Leguet, la bosseuse à mort, une des rares dont on est sûres qu'elle ira loin, mais pas question de l'admirer, quelle touche, renfrognée, habillée comme l'as de pique, son intelligence ne suscite aucune envie, on la plaindrait plutôt à cause du reste. Après le bref coup de feu du brevet, ce sera l'affalement complet de la seconde. Elle hurlait la prof de maths, une femme énorme, avec une pèlerine noire sur sa blouse à carreaux : « Mesdemoiselles vous n'avez pas le feu sacré ! Des engourdies, des mollasses ! Le feu sacré s'il vous plaît ! » Du chinois. D'année en année, les têtes en classe ont changé. L'élagage. D'abord les moins riches, parties en sténodactylo, ou vendeuses, puis les filles de commerçants, qui vendent aussi mais avec un autre air, les cultivatrices qui disparaissent définitivement dans leurs hectares de terre. D'autres arrivent, l'institution était pleine d'étoiles filantes, follettes renvoyées des lycées, belles filles languissantes mariées aux vacances d'après leur entrée, têtes en l'air à visser dur, toujours un père autoritaire à la clef. Toutes filles de parents à gros moyens et pas d'autre but dans l'existence que danser, les surboums et les chansons de Brassens. Bientôt elles m'attirent dans leur sphère, coller la photo de James Dean plutôt que celle de Jean Marais dans mon classeur de maths me paraît une évolution, je répudie Mariano pour les Platters, je ne vois pas que c'est la même adoration, et si on parle d'avenir avec elles, comme avec Brigitte, c'est d'amour baptisé flirt qu'il s'agit. Chanteurs, flirts, fringues et commérages les unes sur les autres constituaient le plus solide de nos conversations. Je me croyais une fille vachement plus libre.

Commencer l'histoire cahoteuse, la bonne aventure ô gué, pas si bonne, j'en sortirai cabossée, humiliation et révolte. Je suis allée vers les garçons comme on part en voyage. Avec peur et curiosité. Je ne les connaissais pas. Je les avais laissés en train de me jeter des marrons au coin d'une rue en été, et des boules de neige à la sortie de l'école en hiver. Ou de nous crier des injures de l'autre côté du trottoir et je répondais bande d'idiots ou de cons suivant les circonstances, la présence ou non de témoins adultes. Des êtres agités, un peu ridicules. Il avait fallu toute la grâce d'un après-midi de patins à roulettes pour en transfigurer un. Ils devaient avoir changé autant que moi. J'allais vers eux avec mon petit bagage, les conversations des filles, des romans, des conseils de l'*Écho de la mode*, des chansons, quelques poèmes de Musset et une overdose de rêves, Bovary ma grande sœur. Et tout au fond, caché comme pas convenable, le désir d'un plaisir dont j'avais trouvé seule le chemin. Bien sûr qu'elle était mystère pour moi l'autre moitié du monde, mais j'avais la foi, ce serait une fête. L'idée d'inégalité entre les garçons et moi, de différence autre que physique, je ne la connaissais pas vraiment pour ne l'avoir jamais vécue. Ça a été une catastrophe.

Elle ne démarrait pas, la fête. Une grande fille vêtue solide mais guère suivez-moi jeune homme, des cheveux raides rituellement permanentés au mois de mai depuis la première communion, en langage homme ça s'appelle un boudin. Des tas de filles savent « s'arranger d'instinct ». Moi pas. De désespoir, un jour je cracherai sur ma tête dans la glace. Dimanches après-midi de plus en plus gris, et cette Brigitte toujours à craindre d'être accostée, je mettrai longtemps à comprendre qu'elle cherche le pour-du-bon, faire l'amour elle en crève, mais après le mariage. Toujours à cracher sur les suiveurs du dimanche, mais moi non plus je n'ai pas de goût pour eux. « Tiens, on s'est déjà vus quelque part, ça va les belles pépées ? » Inutile, l'admiration des ploucs compte pour rien. Le plus naturellement du monde je les ignore, avec autant d'injustice que m'ignorent des types qui j'en suis sûre me plairaient. Mais où et comment les rencontrer. Brigitte n'a qu'un collègue masculin et il « fréquente » sérieusement une coiffeuse. Les surboums, mais qui m'inviterait, seules les filles de dentistes, gros commerçants et ingénieurs en font, les anciennes chochottes, ce ne sont pas mes amies. On ne se mélange pas dans une petite ville de huit mille habitants. Le bal du samedi soir, tu veux rire, rien que des bonnes et des filles d'usine. Que n'ai-je un frère, il me sortirait, il aurait des copains, toutes ces filles qui amènent toujours leur frère sur le tapis, il vient d'avoir son bac, il vient en permission, il dit que les scooters c'est de la merde. Le frère-dieu. Dommage pour moi. Pas facile à entreprendre le voyage, quelquefois. Reste le hasard, il n'a pas trente-six formes.

Pour une belle drague, ça a été une belle drague. Il connaissait son rôle à merveille, un peu trop pressé peut-être. Grand, bronzé comme dans les réclames Ambre Solaire, la voix bien timbrée et chaude, genre feuilleton, il a dit quelque chose de compliqué, en ajoutant, « c'est de Racine, je crois » et je ne pouvais pas savoir s'il se fichait de nous, je ne connaissais que *Les Plaideurs.* Brigitte feuilletait ses petits journaux et je mangeais des pêches au bord d'une prairie juste à la sortie de la ville. Racine, c'était juste avant qu'il couche sa Vespa sur les graviers de la route et vienne s'asseoir nonchalamment, les mains autour des genoux, jouant avec ses lunettes noires, parlant avec aisance. Des choses bien tournées, rien à voir avec les je vous ai déjà vue quelque part, du bien ficelé. Tout à fait comme dans les films, la musique en moins. Pourtant ce fut affreux. Jamais je n'avais été si bouleversée, mes mains tremblaient pour éplucher la pêche, du jus gouttait le long de mon poignet. Une honte affolée. Seule, j'aurais fui. Je le haïssais qu'il parle et qu'on ne sache pas vraiment quoi lui répondre, sauf des oui, non, ça dépend, quatorze ans, en troisième, je préfère Gérard Philippe, Bécaud en chanteur. Il nous guettait derrière ses lunettes noires. Brigitte suçotait son herbe et riait à petits coups réguliers, du haut du palais. Il était en short, sans chemise, je voyais ses muscles, sa peau, un beau type. C'était effrayant. J'ai quitté l'enfance à ce moment-là, dans la honte de ce regard posé moitié sur moi moitié sur mon amie, ce baratin indifférencié destiné à l'une aussi bien qu'à l'autre. S'arrêter là, faire croire que le jeu me faisait horreur. Faux puisque je suis restée. Délicieux après tout d'être observée derrière des lunettes noires. Il s'est penché sur les journaux de Brigitte, il nous a fixées alternativement : « Vous devriez vous coiffer comme ça. » Il me montrait une fille sur la couverture de *Nous Deux*. « Et vous, Brigitte, comme ça. » Il ne disait pas que nous étions mignonnes, mais mieux, de l'indirect. Comment disent-ils, qu'on s'apprivoise, petites jeunes filles effarouchées, petites chattes méfiantes, il ne vous veut pas de mal le beau garçon bronzé. C'était sans doute normal que les hommes parlent ainsi aux filles, je me suis apprivoisée. Peu à peu je me persuade qu'elle ressemble à l'Aventure, cette rencontre, un type intéressant, vingt-trois ans, chimiste il vient de dire. J'ose même lui demander où il habite. Pourtant, malgré son habileté, notre dragueur de vacances n'a jamais pu décoller les sœurs siamoises qu'on formait par peur, par jalousie plus encore, pour une balade en Vespa, chacune son tour. Il nous a dit « Ciao, à demain ! » Ciao, un mot nouveau, ça nous a fait de l'impression.

Alors pour la première fois, je me suis livrée à cette étrange conversation sur les garçons et les sentiments, conversation circulaire, où l'on croit que tout va s'éclairer, interminable commentaire où l'on s'encotonne de plus en plus. T'as vu, il est chimiste. T'as vu, il a vingt-trois ans, je ne lui aurais pas donné. Moi non plus. Rires, on lui voyait les poils du ventre, rerires, qu'est-ce qu'il en a. L'obscénité ne nous a pas sauvées. Un type drôlement bien, il doit avoir toutes les filles qu'il veut. Flattées qu'il nous ait choisies, il y en a de tellement mieux que nous. Murmures d'esclaves, encens élevé vers le dieu. Rien qu'en parlant j'en devenais amoureuse. Je prenais des résolutions pour demain, perdre cette agressivité qui avait dû le défriser un peu. On débattait de savoir qui irait la première sur la Vespa. Brigitte fredonnait *Mes mains dessinent dans le soir, la forme d'un espoir.* Nos vélos étaient appuyés sur le talus, à la place où on les avait mis trois heures plus tôt. Quelle aventure. Plus tard, j'ai vingt ans, dans la lumière là-bas de la scène, don Juan alpague tour à tour Mathurine et Charlotte, je suis fascinée, j'ai mal au cœur. Pas aussi niaises ni aussi péquenaudes. Aussi roulées, oui.

Le lendemain, j'ai noué mes cheveux en queue de cheval comme sur la couverture d'*Intimité.* On a eu beau revenir aussi les jours suivants, jusqu'à ce que les vacances de Brigitte soient finies, il n'a pas reparu. Tantôt on se disait qu'il avait été obligé de rentrer brusquement au Havre, tantôt qu'il nous avait trouvées moches ou culs-bénits. Trop tard. Pas un iota de révolte ou de mépris, on ne lui en voulait pas. La soumission dans toute sa perfection à quatorze ans. Je l'ai faite cent fois ensuite la promenade en Vespa, entre la relation de Chasles et les verbes qui entraînent le subjonctif et ma première histoire, un peu arrangée, Brigitte aux oubliettes surtout, est allée grossir le lot des romans d'amour qu'on se fabriquait toutes dans la classe. Je peux dire maintenant, un sale tombeur qui n'a pas su se farcir deux bécasses, ce ne sont pas des phrases de mon adolescence. Gérard je t'aime, c'était écrit dans mon cahier de brouillon, et dans ma tête « premier amour ». Question langage, je n'en avais pas d'autre.

À vrai dire, il n'a pas dépassé Noël. Je le trouvais vieux, vingt-trois ans, cette inégalité-là, je la voyais, elle me répugnait facilement. Et j'espérais rencontrer d'autres Vespa. « Que va-t-il m'arriver ? » la voilà, la seule, la grande question, toute ma métaphysique jusqu'à dix-sept ans. Sortir des cours, le nez au vent, le manteau bien sac entre cou et chevilles, la mode, un « genre » conquis de haute lutte, un peu grande bringue trop solide, tant pis. Ô ma victoire fragile de l'apparence, un rien, un regard, une réflexion, suffit à la démolir. Et elles s'y connaissent en coups d'épingles, Brigitte, les copines de la classe. Mais ce n'est pas à elles qu'il faut plaire. Fini ma mère, ton message s'est perdu. Écoute ma voix, menue, de tête, elle ne ressemble pas à la tienne. Ce que tu m'énerves à ne rien comprendre quand je raconte que Françoise marche avec un tel, que Marie-Jo va en surboum tous les samedis. Je force sur la liberté des autres pour en gratter un peu à mon usage personnel. Rien à faire, insensible aux comparaisons, « heureusement que tu ne leur ressembles pas ». Si, justement. À seize ans je ne me reconnais plus dans l'image droite et volontaire de moi que tu me lances à la figure.

Dragues douces de petite ville, plutôt du copinage impromptu, on se connaît ou l'on se connaîtra un jour, jamais de violence. Sous les fenêtres immuables, le regard des mêmes vieilles, des mêmes commerçants sur le pas de leur porte, on se sent épiées mais protégées, si loin de la poursuite dans la grande ville, hommes-chats inquiétants, sexe ou couteau. Draguée, dragueuse, je ne fais pas bien la différence à cette époque. Comme beaucoup d'autres filles, je « fais le rond-point », passant et repassant devant les magasins, des garçons passent et repassent aussi, jaugés du coin de l'œil, les pas mal et les affreux. Arrêts parfois. Des employés de bureau, des élèves d'une école de commerce, quelques lycéens de Rouen le samedi et le dimanche. Je les découvre avec retard les garçons de mon âge. D'abord je les trouve drôles, amusants pour la plupart, jeux de mots et contrepèteries me ravissent, sûr que nous les filles on ne sait pas si bien, spirituels les garçons, comment ai-je pu vivre sans comment ça va tuyau de poêle et dans quel état j'erre. Je ne suis pas prémunie par une éducation bourgeoise-intellectuelle contre les jeux de mots laids et je n'ai pas le réflexe jeune fille oreilles chastes de tirer le nez aux allusions grossières. Bien sûr je ris. Mais il faut que je me rende vite à l'évidence, pas variées les astuces, je ne suis pucelle que vous croyez, lassant, et les histoires paillardes, Brigitte me les avait déjà racontées. Ils m'apparaissent presque aussi agités et ridicules qu'au temps des boules de neige. Et cette découverte, toujours à parler d'eux, leurs goûts, leurs cours et leurs colles, leur scooter et leurs couilles. Écouter les hommes, leur être attentive, ça commence. Les laisser parler ou rire. À moins de dire des bêtises, des fausses naïvetés qui les font s'esclaffer, suffisants et moqueurs, « elle est mignonne ! », jouer les évaporées et les ingénues. Et toujours à nous entraîner dans leur univers, tu viens faire un billard, un bowling, j'ai une course, un match aujourd'hui, ouf, oui j'irai te voir. Ils n'imaginent pas qu'on puisse avoir aussi notre monde, mes histoires, la classe, les copines, pas question de s'appesantir, ah ! tes bonnes sœurs toutes des gouines, tranché. Envie de leur parler des maths si dures, du français que j'aime, Rousseau par exemple, ça les ennuie, et les problèmes d'algèbre des filles ne valent pas ceux des garçons. Chez moi, à l'institution, la réussite scolaire des filles a toujours été encouragée, avec eux elle me nuirait plutôt, ils se méfient, encore une chiante, les polardes ils ont horreur, ça les glace, vive les filles au poil, sans complexes. Ils me charrient quand je veux rentrer pour travailler. Il faudra s'y faire, à ce qu'aucun garçon, aucun homme pendant longtemps, hormis mon père, n'attache de l'importance à ce que je fais. Entendre sans sourciller, institutrice ? tu resteras vieille fille, avocate, t'as pas les chevilles qui enflent ? La répulsion chez certains, ce tendre blondinet, si doux et si amoureux, ma chérie, j'ai peur que les études te fatiguent, si tu te trouvais du secrétariat. Sans doute par le cerveau qu'on cesse d'être une vraie femme pour eux. Un jour on l'a croisée, la Leguet, le crack, je lui ai fait un petit bonjour quand j'étais avec les copains. Les cris, l'étouffement : « Qui c'est cette horreur, cette sinistre apparition ? » J'ai protesté, une fille vachement forte, parce que du fond de ma mollesse je l'envie un peu. Mais entendre de moi ce qu'on dit d'elle dans son dos, plutôt mourir, et comme elle, renoncer aux regards, à tout ce que j'attends, vague encore, l'amour, la peau, l'Autre, je ne peux même pas l'imaginer.

Il est déjà là mon drame, la pétouille affreuse dont je ne vais pas savoir me tirer. J'ai besoin des garçons, mais pour leur plaire il faudrait être vraiment douce et gentille, admettre qu'ils ont raison, se servir des « armes féminines ». Tuer ce qui résiste encore, le goût de conquête, le désir d'être moi bien moi. Ça ou la solitude. Ça ou regarder ses lèvres, ses seins et se dire que ça ne sert à rien. Ça évidemment. Je n'en prends pas les moyens. Aux fanfaronnades, je réponds par l'agressivité, la raillerie. Je m'obstine à vouloir parler de ce que j'aime, les bouquins, la poésie, écrase, oh écrase, pourquoi, moi je supporte bien les buts de foot, la piqûre contre la fièvre aphteuse à une vache, un futur véto, et les plaisanteries rituelles sur la taille et la grosseur des sexes masculins comparés sous la douche du lycée. Nuance ma fille nuance, il ne faut pas confondre, l'influence des Nippons sur le relèvement de la Chine ah ! ah ! Ne pas vexer les garçons, tu ne sais donc pas ? Ce que je ne sais pas, c'est cacher à un garçon qu'il me plaît. Les hommes aiment choisir, ma vieille. Que m'importe, moi aussi j'aime choisir, je ne comprends toujours pas la différence. La bourde, l'inversion des rôles, tout de suite taxée de fille facile, dans la poche. Il n'existe pas de garçon facile. Ce jour-là c'est moi qui drague joyeusement, inconsciemment, je passe devant l'école de commerce d'où il doit sortir. Personne. Pas l'habitude de rester les deux pieds dans le même sabot, où est-il, rue du Nord, le rond-point, alonzi alonzo. D'un seul coup, un groupe, une voix : « Encore elle ! » Sale con. Je file avec mon cartable, étranglée de colère. Je ne savais pas me conduire, oscillant entre le trop et le pas assez, épineuse et coureuse à la fois, le sourire mimi, l'admiration à tout berzingue et puis la fatigue du rôle, je n'avais plus envie d'un tour en scooter. Je n'accusais que moi, puisque les garçons seront toujours des garçons. Boys will be boys, dit la grammaire anglaise, exemple de vérité générale.

Le voyage, qu'est-ce que j'attends... Si je m'écoutais je crois que j'attendrais encore. Le grand amour, ce serait si beau. Mais autour de moi, en classe, et Brigitte aussi, elles « savent », et moi non. La meilleure façon d'en finir, se choisir un partenaire froidement. Il attend comme moi au guichet de la poste, les regards furtifs, la conversation anodine, poursuivie jusqu'au rond-point. Ennuyeux, et sa bouche épaisse, son allure matheux tranquille mais pas dans les premiers ne me disent rien. Ce sera lui. Allez les mines, les sourires, d'accord à lundi. Mais non ce n'était pas triste, même si ça ne ressemblait pas à un roman, si la carte du tendre je l'expédiais. Pourquoi toujours le sirop, les deux cœurs gravés dans les arbres pour en garder un bon souvenir. Trois jours d'attente, en cette fin de mars venteuse, comme trois jours de retraite avant la première communion, la même lenteur, le même engourdissement. Je me prépare, et la tête bien plus que le corps. J'imagine, je fais l'itinéraire, je calcule le temps dont je dispose, je suis très surveillée par ma mère. Le pull bleu marine, le col blanc, la frange, je suis prête une heure avant. Acte de liberté, cérémonie ou sacrifice, quel sens, je me sens encore marcher d'un pas décidé vers le rond-point. Qu'est-ce qu'il va m'arriver, là c'était moi qui faisais arriver les choses. Quand je le vois s'avancer en duffle-coat, avec un grand sourire, j'ai envie de fuir.

À la guerre comme à la guerre, c'est moi qui ai voulu. Phrases molles, pas côte à côte sur les trottoirs déserts d'un lundi, les trois quarts des commerçants sont fermés. L'affiche du film de dimanche est restée, *Les Jeunes Années d'une reine* avec Romy Schneider. Doucement ennuyeux. Liberté, pas tant, la direction des opérations ne m'appartient pas, j'ai droit tout au plus à la suggestion : « Tiens, si on prenait cette rue ? » Il me regarde bizarrement, vite jouer les fofolles, les inconscientes, « j'adore les jonquilles, il y en a plein dans les jardins là-bas, si si ! » Le bras d'abord, sur les épaules, lourd, terrible. La voix plus basse et si douce d'un seul coup. Voilà. Ça y est. L'autre sexe a les joues rugueuses, le corps dur et la respiration forte. Ni la grâce du plaisir ni celle d'un grand sentiment ne me sont tombées dessus, j'étais étonnée. Il n'y avait pas de soleil, je ne me sentais pas du tout comme dans un rêve, l'hyperconscience plutôt des matinées qui suivent les nuits d'insomnie, tout vous rentre dans les yeux et les oreilles mais les mots manquent. Une vieille bavardait avec son voisin par-dessus un grillage, elle a lancé en nous regardant « chacun a son beau temps, c'est la vie ». Il me serrait trop fort, je me trouvais ridicule à marcher en ciseaux, avec des stations tous les dix mètres. Je pensais au bac, à l'été qui suivrait. Une étape était franchie et je me sentais délivrée d'une curiosité. J'ai fait le chemin du retour dans l'allégresse. « Tu as été longtemps chez le dentiste ! – Oui il y avait du monde. » Ma mère me regarde par-dessus sa balance. Aujourd'hui je lui renvoie son silence sur le quatre sous et le reste. Je suis montée dans ma chambre, je me rappelais ce que les autres filles m'avaient dit, « moi je me suis lavée après, il fallait que je me lave à tout prix, moi j'avais le cœur qui battait qui battait ». Moi je me suis regardée dans la glace, étonnée d'être la même.

Pas si mal le voyage, je brûlais d'envie de le continuer. Une seule rencontre et déjà la révélation d'une complicité qui n'a jamais cessé de me bouleverser depuis. Il n'y avait pas la petite lueur du pouvoir dans son regard, je t'ai eue toi, ou bien je n'avais pas encore appris à la reconnaître. Je ne voyais qu'un garçon peu communicatif, un visage déjà fraternel. Nous avons passé ensemble une quarantaine d'heures en quelques mois, j'additionnais, comme si c'était un trésor de moments privilégiés à grossir. Le soleil me chauffe la figure mais la terre est encore fraîche sous mon dos. Souvent avec ma mère, de loin, j'apercevais au cours de nos promenades à la campagne des masses aux contours flous. Couples. Je n'en détachais pas les yeux, qu'est-ce qu'ils font donc. Et moi ici à mon tour. La stupeur. Le grand rêve de l'enfance, les scènes de baisers et d'étreintes tant imaginées, jouées, je les vis. Où est la culpabilité que je croyais ressentir. Mais aussi l'amour. Morte la croyance que sortir avec un garçon était un aboutissement, presque risible. Nos deux porte-documents sont côte à côte dans l'herbe, mais une vie ensemble, loufoque. Pour la première fois l'idée du mariage me terrorise. J'émerge, je me désencombre. Fini les bêtasseries et le feuilleton, l'homme unique. Il y aura d'autres peaux que celle de Rémi. Je travaille en classe avec une énergie nouvelle, brute, il me faut la première partie du bac pour trouver en philo la réponse aux questions qui m'agitent depuis que l'amour et les hommes sont en passe de devenir pour moi une histoire simple. Je lis. Sartre, Camus, naturellement. Comme les problèmes de robes et de rancarts foirés paraissent mesquins. Lectures libératrices qui m'éloignent définitivement du feuilleton et roman pour femmes. Que ces livres soient écrits par des hommes, que les héros en soient aussi des hommes, je n'y prête aucune attention, Roquentin ou Meursault je m'identifie. Que faire de sa vie, la question n'a pas de sexe, la réponse non plus, je le crois naïvement l'année du bac. Je marche avec une maxime : agir de façon à ne jamais avoir de regrets. Qui m'a soufflé ce principe, Gide pas encore et je ne me doute même pas qu'il est impraticable pour une fille. Ça ne va pas tarder. Sortir avec mes parents ou Rémi, qu'est-ce que je regretterai de n'avoir pas fait, facile, alors trouver des prétextes, mentir à perdre haleine et zou ! dehors. Oui mais que faire de ce désir venu en même temps que les jupes d'été et les étreintes plus serrées qu'autorisent deux mois de flirt. J'ai toujours envie d'aller plus loin. Comme lui. Sa main tâtonne dans mon dos pour la première fois, cette attention étourdissante, j'en retiens mon souffle, du claquement de l'agrafe décrochée. Mais comme dans les romans que je ne lis plus, « je le repousse violemment ». C'est qu'ils me reviennent à toute blingue les bons conseils à l'usage des filles, balayant mes principes de liberté, « celles qui se laissent faire on ne les respecte pas », « quand on commence on ne peut plus s'arrêter », la pente fatale, relent des histoires vertigineuses de *Confidences.* Et puis si j'allais ressembler à Marine, tous les garçons disent d'elle, c'est l'entrée du métro. Quand sa queue de cheval flamboie au coin de la place des Belges ils s'esclaffent, tiens voilà Paillasson ! Les filles aussi s'esclaffent. Durant des années je ne verrai personne défendre la liberté sexuelle des filles et surtout pas les filles elles-mêmes. Marine qui a couché avec au moins trois types, c'est une pute. Je m'inquiète, est-ce que je ne serais pas un peu putain sur les bords, leur expression à eux ? Liberté, saloperie. Je ne me sentais pas la force de choisir d'être une salope. Et puis Ogino, un joli calcul, impeccable, on l'a toutes, bien recopié dans un carnet, mais je n'y crois pas, au petit calendrier, pour mater cette chose muette, invisible, utérus et ovaires comme inexistants, mais toujours ouverts comme un bec d'oisillon. Impossible de mesurer exactement la force de cette peur. Toutes les tragédies grecques et raciniennes, elles sont dans mon ventre. Le destin dans toute son absurdité. Ça arrive par un jour ensoleillé, d'un seul coup la vie est finie, le voile de mariée ou la petite valise et le môme, la débrouille misérable. À côté, la révolte camusienne et les aspirations philosophiques de liberté ça ne fait pas le poids. Compagnon silencieux, je l'aime bien, on s'amuse parfois, et j'en crève de faire l'amour avec. Non, pas envie que mon avenir s'arrête chaque mois au vingt-huitième jour. Jamais je ne serai si près qu'à dix-sept ans de la liberté sexuelle et d'une sensualité glorieuse. Et je découvre aussitôt qu'elles ne sont pas possibles. La première différence que j'ai perçue clairement, elle m'a désespérée, je doutais qu'on pût la supprimer un jour. Garçon au désir libre, pas toi ma fille, résiste, c'est le code. Pour résister, le jeu défensif habituel, découper mon corps en territoires de la tête aux chevilles, le permis, le douteux champ de manœuvres en cours, l'interdit. N'abandonner que pouce à pouce. Chaque plaisir s'est appelé défaite pour moi, victoire pour lui. Vivre la découverte de l'autre en termes de perdition, je ne l'avais pas prévu, ce n'était pas gai. Entre filles, on se révélait nos « lâchetés » avec honte, jamais de plaisir ni de fierté. J'ai préféré être à nouveau seule.

Sauvée. Mon histoire de fille est jalonnée de mots magiques qui m'aidaient à vivre, résumaient tout, une sorte de morale pratique. Sauvée. Pas tellement la virginité, cette peau muette, malencontreuse, je n'ai jamais réussi à me persuader de sa valeur, tout au plus une utilité, une ultime parade, un argument de mauvaise foi pour refuser, non merci je suis vierge. Mais le bonheur de marcher seule vraiment seule dans les rues, de regarder d'autres hommes sans culpabilité, de rire en classe, du vrai rire, pas les confidences étouffées, les petits billets sous les tables, toute cette macération sentimentale entre filles à propos des garçons. La vision de semaines sans rancarts routiniers, ouvertes. Sauvée d'une dépendance qui s'établissait sans que je m'en aperçoive. J'ai des envies nouvelles, avoir le bac et larguer les bonnes sœurs pour faire philo au lycée, cette année-là, cette classe-là que j'attends comme une révélation, il ne faut pas que la religion me la bousille. Et j'ai soif aussi de la grande ville, de pavés anonymes entre les hautes maisons anciennes, Rouen, la ville-récompense de mon enfance, la ville-fête, deviendra enfin la ville de tous les jours. Je vais quitter le petit commerce, l'odeur de café partout dans les murs, le chant des voix qui incantent le temps, la vie chère et la mort. Suis-je assez forte. Mon père se tait, ma mère réfléchit, s'exclame : « Pars si tu en as envie. Une fille, c'est pas fait pour rester toujours dans les jupes de sa mère ! »

J'ai eu le bac, j'ai commencé à préparer mes affaires pour la chambre du foyer de jeunes filles de Rouen. Brigitte s'est mariée. Ils sont là tous les deux, assis à une table du café, l'un à côté de l'autre, ils me font une visite d'après voyage de noces. Je ne sais pas quoi leur dire, comme s'il n'y avait plus rien de commun entre une fille seule et un couple. Qu'est-ce qu'on pourrait se dire d'ailleurs, avant nos conversations roulaient sur l'amour et les garçons, maintenant qu'elle est nantie de ce point de vue, elle n'a plus qu'à sourire avec satisfaction. Je la regarde frétiller, on a trouvé un appartement, au début je vais continuer à travailler, pour se meubler. Tant de recettes au jus de citron et à l'huile de baleine, de chansons de Mariano et de rêves pour en arriver là, ce type, si lourdaud auprès d'elle et qui, à mon qu'est-ce que vous voulez boire a répondu, « un coup de jus de parapluie ». Quelle injustice. La première de celles qui ont trahi, je ne savais pas quoi, exactement, les aspirations de l'enfance, le goût de l'aventure. Ce quelque chose d'éteint en elle, de précautionneux, dadame qui se surveille, attention pas de bêtises non autorisées, il t'écoute, l'air restreint des jeunes mariées. À chaque fois pour moi ce sera comme si elles étaient mortes et moi toujours vivante.

Mais pas sauvée définitivement. Pour cela il faudrait regarder tous les garçons avec des yeux vides, oublier la chaleur et l'approche d'un corps, merci Rémi pour ces cadeaux. Trois mois après lui, déjà un autre, puis la même sensation de dépendance. La ligne droite de la liberté, j'admire, je n'en ai jamais été capable. Des années de sacrée danse et de compromis sont devant moi. Il y a plein de ces filles qu'on voit des mois seules, tellement sérieuses, dédaigneuses presque, un beau jour affalées avec un type dans un coin sombre, cris de surprise et de réprobation, on n'aurait jamais cru ça d'elles, et puis à nouveau seules. Des braques. J'ai été une braque.

Le lycée, terre d'égalité, de fraternité et de liberté, j'y avais cru avant d'entrer. Or les vingt-six filles en blouse rose me sont absolument étrangères, plus étrangères que tous les garçons rencontrés jusque-là dans ma petite ville. Certaines ressemblent à des gamines attardées, sans aucune coquetterie, mais après avoir enlevé leur blouse, elles enfilent des vestes de vrai daim douces et bien coupées. D'autres se fardent, portent des jupes courtes, gonflées à la mode, mais toujours avec discrétion. Des sans cervelle, des follettes comme à la boîte religieuse, guère. Dans cette classe de philo, c'est le genre fille saine, regard droit, blazer marine, qui triomphe. Vingt-six « Brigitte jeune fille » des beaux quartiers de Rouen, Bihorel, Mont-Saint-Aignan, mais je ne les reconnais pas tout de suite. Leur aisance à propos de tout me glace, criticaillent la prof, et ridiculisent une boursière de la campagne dieppoise qui a gardé des mots normands. Discutent de la sexualité, de Freud, avec sérieux, jamais de rires ni d'obscénité, les garçons et l'envie de coucher, semblent pas connaître. Je me sens malpropre et coureuse à côté d'elles. Esbroufée en plus par leur assurance, elles ne paraissent jamais travailler, tu te rends compte j'ai eu quinze et j'ai juste ouvert mon livre à dix heures du soir, le grand chic, être géniale sans effort, je n'en reviens pas, dans mon milieu et ma famille, la cosse c'est mal vu. Et toutes des ambitions inouïes, psychiatre, sciences po, hypokhâgne. Devant leur tranchant, leur certitude de réussir, je prends mes doutes, mon habitude de travailler un minimum pour les signes d'une infériorité réelle. Nous sommes toutes du même sexe dans la terminale du lycée Jeanne-d'Arc mais pas de la même origine sociale, des sœurs ces filles-là, drôle d'idée, elle ne me serait jamais venue. Bien plus que les garçons, elles obscurcissent mon avenir. Tout ce que ma mère m'a insufflé, fais ce que tu veux comme métier, se délite, les demoiselles de Bihorel me coupent l'ambition. Quand je rentre chez moi le samedi, les silhouettes dans le magasin me semblent se raréfier, le supermarché nous vole des clients, ai-je le droit d'avoir les dents longues, je me sens responsable des boîtes de conserve qui s'empoussièrent sur les rayons. Professeur, bibliothécaire, si long, si hasardeux. Institutrice, je gagnerai de l'argent tout de suite. La fac, les filles de la classe font claquer le mot comme si leur place y était déjà retenue, pas pour moi. Hypokhâgne, c'est quoi au juste, elle me contemple avec pitié, Annick, si je ne sais même pas ça... Je voyais bien que certaines filles étaient plus libres que d'autres. Aucune amie.

Je remonte le boulevard de l'Yser vers le foyer de jeunes filles à cent treize francs par mois repas compris, trois fois moins qu'une veste de daim. Table des lycéennes, table du collège technique, table des apprenties coiffeuses, ni mépris ni animosité, indifférence absolue. Décidément pas tellement frangines les filles, différence sociale d'abord. Dans mon minuscule box, j'entends la fille de droite bouffer des biscuits, celle de gauche claquer ses tiroirs et siffler *Le Pont de la rivière Kwaï* sans arrêt. Souvent le soir, dans les chiottes, je grimpe sur la faïence et j'atteins le vasistas. Grondement de Rouen, énorme, parfois les sirènes du port, des lumières innombrables. Angoisse de la solitude, celle qui m'aura un jour. Dans la rue juste au-dessous des familles dînent, ça ressemble à des tableaux. Une femme ramène ses persiennes, je devine des plantes vertes, des fauteuils, de la chaleur. Et moi je vais lire *La Critique de la raison pure.* Le cafard de dix heures du soir, qu'est-ce qu'il souffle à un garçon de dix-huit ans, à moi fille il glisse entre les phrases de Kant la vieille coule, que ça sera bon de planter là les études, prendre un poste peinard d'instit, et puis un jour forcément, le foyer, le vrai, pas celui où je suis. À ces moments-là, l'impératif catégorique, l'existentialisme et tous les livres de Simone de Beauvoir me sont peau de zébi. Après tout la prof de philo est bien mariée elle aussi, ça lui a donc paru « rationnel » un jour. Le lendemain, je me sens coupable, bien la peine de planer dans les espaces sublimes de la philosophie, disserter sur l'immortalité de l'âme et se vautrer dans un idéal d'*Écho de la mode*, rêver au fond d'être casée, pas mieux que Brigitte. Je n'en veux pas lucidement, en plein jour, sur le boulevard de l'Yser, du destin entrevu au vasistas des vécés. Je regarde avec stupeur des filles à peine plus vieilles que moi accrochées à des landaus, dégoût absolu pour les poulots, larvaires et visqueux. Un après-midi de mai, je badaude avec ma mère de stand en stand sous le chapiteau de la foire commerciale. Elle n'achète rien et moi je m'ennuie. Depuis des minutes on marche sans parler. Qu'est-ce que je fais ici, devant ces kilomètres de salles à manger, chambres, aspirateurs, batteurs, mixers, des démonstrateurs râpent des carottes dans tous les coins, cuisent des œufs sur des poêles miraculeuses. Rien ne me concerne. D'un seul coup ma mère s'est tournée vers moi, sa poudre craquelait, elle était blanche de fatigue mais les yeux brillants et elle me souriait : « T'en fais pas, tu auras tout ça plus tard ! » D'abord je ne comprenais pas. Ça, la salle de bains rose, la télévision, le mixer. Ça, jamais tout seul, suppose forcément un mari, des enfants avec. Elle aussi, elle y pensait donc pour moi, sauf que c'était repoussé après le métier. Ma tristesse. On a continué de se promener dans la poussière et les prospectus, j'avais l'impression d'être dans les monstrueuses coulisses, bourrées d'accessoires, d'une pièce qui me faisait horreur même si elle n'était à jouer que plus tard. Pleine de contradictions.

Entre filles du lycée résidant au foyer, on se retrouve le soir parfois à trois ou quatre dans les boxes, manger des bonbons, parloter, profs, fringues, vacances, flirts. De l'excitation folle aussi, avec des acrobaties par-dessus les cloisons, des bagarres pour un carré de chocolat. Corps à corps pour rire. Viviane est tombée sur son lit avec moi, son rire durait indéfiniment, ses yeux se rapetissent dans ses joues trop rouges. La tête de Brigitte autrefois dans les cabinets, mais alors ça ne me gênait pas au contraire, et j'avais envie de toucher. Ici je me relève avec le plus de naturel possible, il n'y aura pas de suites. Plus de curiosité pour un corps semblable au mien, les serviettes hygiéniques dans les poubelles me font mal au cœur. Je ne sais pas quand ni pourquoi je l'ai perdue. Peut-être simplement j'avais peur de tomber dans l'anormal. Baudelaire, ses femmes damnées, mon effroi à quinze ans.

Alors toujours les garçons. *Le Deuxième Sexe* m'a fichu un coup. Aussitôt les résolutions, pas de mariage mais pas non plus d'amour avec quelqu'un qui vous prend comme objet. Très lumineux le programme, en descendant vers le lycée. Mais où est-il le frère, comme je l'appelle, avec qui j'aimerais faire l'amour sans maquignonnage de peau, sans « t'as de beaux cheveux, les seins comme ci et ça », mais le rire et l'échange. Plus de crainte du mépris, du « celle-là, je me la suis tapée », la confiance, l'égalité. Un oiseau rare, sûrement, du hors série. J'ai tenu bon, j'ai attendu puis il a repris le cafouillage, cette année-là, après, pas faire le détail, toujours la même histoire. Je croyais l'avoir trouvé, le frère, un soir, huit jours, un mois. En réalité je tombais dans les pièges les plus cousus de fil blanc, le coup de la ressemblance, tu as quelque chose d'Annette Stroyberg, de Mylène Demongeot, liste non limitative, le coup du prénom, tu as un visage à t'appeler Monika, celui de la poésie, « quand le ciel bas et lourd... », Baudelaire, Verlaine, Prévert, je le connais le trio rabatteur de filles. Et mes efforts pour être gentille, le comprendre, partager ses goûts, je ne les ménageais pas. Tout ce que je me suis avalé pour communiquer vraiment avec lui, eux, le jazz, la peinture moderne, même les cris d'oiseaux d'un ornithologue, même le pélé de Chartres, prières et pieds écorchés, pour un catho. Faire plaisir. Après tout qu'est-ce que ça peut faire d'aller voir *El Perdido* plutôt que *L'Année dernière à Marienbad*, il a le droit d'aimer les westerns, j'irai voir Resnais sans lui. Parce que réciprocité, zéro. Et je modelais mon corps comme ils voulaient, je t'aime en noir, fais-toi un chignon, tu serais bien avec une robe violette. Docile, cloche, mais encore trop discutailleuse, agressive, je veux leur faire sentir que je ne suis pas dupe, je suis comme tu me veux, chignon, etc. mais ça me fait chier et tes westerns m'emmerdent. Comme conduite braque, il n'y a pas mieux. Ça finissait toujours aigrement avec le faux frère.

Il ne m'a pas beaucoup occupée, en cette dernière année de lycée, le monde des garçons. Je vivais avec une angoisse bien plus grande que celle de plaire et dégotter un « petit ami » comme disaient les filles en blazer marine de Mont-Saint-Aignan. Il va finir le chaud de l'école, la sonnerie et les profs pète-sec ou familiers, l'encadrement lourd mais rassurant, et je ne sais pas trop ce que je veux faire comme métier. Autour de moi, l'insouciance, je verrai après le bac, droit sans doute, il ne faut que de la mémoire, propé, des langues, de toute façon la fac. Ou les certitudes, hypokhâgne encore et toujours, ce mot grec qui me terrifie, médecine, évidemment son père est chirurgien à celle-là. Sciences po, ah ! et ça mène à quoi ? À tout, tu ne savais pas ? Elles se foutent du métier, ce sont les études qui les intéressent. Moi je cours les centres de documentation, comment faire pour être prof, instit, assistante sociale, combien d'années d'études, les débouchés. Et incertaine à pleurer devant toutes les voies possibles. Pas inquiète le moins du monde, Hilda, à la terrasse du *Métropole*, fin juin. Une poupée boulotte aux yeux candides, une de ces filles faussement familières, qui se collent aux autres, les accompagnent acheter un disque ou un foulard. Un vague copinage nous lie depuis quelques semaines. Elle promène son sourire mutin et ses yeux de faïence sur tous les gens, ravie de sa mention au bac, des vacances prochaines sur la Côte d'Azur, plus gamine que jamais avec des cheveux coupés à la Jean Seberg. « Tu te rends compte, dit-elle avec ravissement, on ne me donnerait jamais les deux bacs ! » Elle a admis avec moi que c'était important, le choix d'une carrière mais ça ne collait pas avec sa façon de tendre le cou et la poitrine, de chercher les regards. J'ai senti alors que la réussite scolaire et professionnelle, pour elle c'était en plus. En plus du bonheur d'être Hilda, chouchoutée, gamine et mignonne, et qu'elle aurait renoncé facilement à cette réussite, pour un mariage d'amour par exemple. La fac, qu'elle entrevoyait, c'était pour gagner du temps. Qu'est-ce qui me séparait le plus d'Hilda et de sa joyeuse indolence à ce moment-là, des mères différentes ou la condition sociale. Les deux. Ma mère, disait Hilda, elle repasse, une merveille. Une femme au foyer en extase devant sa fille, sa poupée. Une villa dans la banlieue rouennaise, la vie à l'aise. Ma mère fonceuse, ses paroles, tu ne dois pas être une inutile, et le petit commerce qui m'a bercée de fins de mois difficiles, sans compter les tantes aux lunettes mangées par le vert-de-gris, un des charmes sournois des usines de vinaigre. Tout nous opposait.

Un été affreux à hésiter. Pas la médecine, cette tentation, trop long, trop cher donc et avec quel argent se payer le cabinet. Le droit ça mène où, pas de relations. Vers la mi-juillet je me monte le bourrichon pour les carrières d'assistante sociale, d'éducatrice d'enfants inadaptés. Il est temps d'aller vers les autres, l'individualisme, de la merde, tous les relents de l'année de philo me submergent. Je me vois courant de taudis en préfabriqué, sautillant avec une douzaine d'enfants, *Oui oui j'ai rencontré la fille du coupeur de paille.* Dans le box du foyer, au milieu des claquements de valise j'atteins des sommets d'abnégation. Puis l'enthousiasme s'effiloche, je n'ai pas de vocation, découverte consternante. Aux Nouvelles Galeries, en m'achetant une jupe en vichy comme Bardot, je regarde les vendeuses en blouse rose, elles rient, me passent nonchalamment des jupes, insouciantes. Elles n'ont rien eu à choisir sans doute. Comme Hilda, mais au bas de l'échelle. Avoir un destin bien clair, n'importe lequel, je remontais la rue Jeanne-d'Arc avec fatigue, la dépression si j'avais su reconnaître.

En octobre, Hilda s'inscrit à la fac de lettres. Moi aussi. Statistiquement un vrai choix de fille et le bouquet, de petite-bourgeoise. Bien sûr que je les retrouve, les bien élevées de Mont-Saint-Aignan, pépiantes devant les amphis, sûres d'elles toujours, toutes celles que choquera la paillardise étudiante masculine, secrètement mon alliée contre elles en l'occurrence. Mais moi je ne me suis pas inscrite en lettres tout à fait à l'étourdie, pour passer mollement le temps, de façon cultivée pas trop crevante. La fac, pour Hilda, c'est naturel, le cours des choses, pour moi un acte risqué. Devant l'amphi encore fermé, ce petit tremblement prolétaire dissimulé sous le balancement désinvolte du sac où brandouille un classeur, la peur d'avoir l'ambition plus grosse que la tête. N'empêche, puisque j'étais embarquée, que j'avais penché vers la seule profession connue par cœur, l'enseignement, il fallait arriver au bout. Prof, le mot qui ploufe comme un caillou dans une flaque, femmes victorieuses, reines des classes, adorées ou haïes, jamais insignifiantes, je ne me pose pas encore la question de savoir à laquelle je ressemblerai. Dans les gradins, sur mon banc à mi-hauteur, je palpite surtout devant ma vie nouvelle. L'aventure, ma chance, ma liberté. Ne pas démériter.

Ils sont enfin à côté de nous, les garçons, prenant les notes du même commentaire sur *Phèdre*. Pas plus brillants que nous, pas supérieurs. Plus frondeurs, certains, mais avant que le cours commence, pour épater la galerie, pas en face du maître de conférences qu'ils clameraient que ce type-là ils lui chient à la gueule. Toujours prêts comme ils disent à foutre le bordel, au restau, à la cafétéria, devant les portes des amphis, mais bien sages à l'intérieur, un de mes étonnements. Pourtant j'en avais vu des blablateurs de première dans mon café, et des agités sur leur scooter, des péteux en réalité, je ne pensais pas en trouver à la fac, naïveté. Au cours de philo où officie un assistant blond qui jette un regard dominateur sur l'assemblée avant de parler de la Personne et du Temps, mes voisins se tiennent cois, le stylo avide, un sérieux à couper au couteau, pas une question. Même silence en histoire, aucune voix mâle, de celles qui braillent dans le couloir, n'interrompt le soliloque triomphant de Froinu, ça ne les gêne pas plus que les filles d'être traités en demeurés par le prof. À moins qu'ils n'aient peur de se faire remarquer, examen first. Pour le conformisme et la passivité, l'égalité des sexes était parfaite à la fac. Mais je découvre qu'il existe des études pour femmes et des études pour hommes, « la littérature, les langues, rien que des nanas », j'entends ce mot pour la première fois aussi. « Pour un homme il vaut mieux faire des sciences », c'est une fille qui me l'assure. Je ne voyais pas pourquoi, toujours le même mal fou à admettre les différences que je ne sentais pas. J'en entendais des phrases étonnantes, « la création littéraire ressemble à une éjaculation », prof de lettres, cours sur Péguy, « tous les critiques sont des impuissants », assistant de philo, l'écriture cent fois ramenée à l'activité du pénis, mais je n'y attachais pas d'importance, je traduisais, ou plutôt ça m'arrivait tout traduit, la création littéraire était orgasme sans distinction mâle ou femelle et quand je lisais Éluard, « moi je vais vers la vie, j'ai l'apparence d'homme » c'est à moi que je pensais. Que les hommes nous appellent nanas ou boudins, humiliant, mais je n'étais pas très nette du côté vocabulaire moi non plus, les garçons, je les divisais souvent en minus, zigotos et zizis, dont avec Hilda j'ignorais le sens obscène. Bien obligée d'avouer que le zizi était le pendant de boudin, un type falot, sans valeur flirtable. Compagnons des amphis, copains du restau, voyageurs aux yeux fixes des trains, je ne dépendais d'aucun d'entre eux plus de trois semaines. Ils étaient dans le paysage de ma liberté.

Quatre années. La période juste avant.

Avant le chariot du supermarché, le qu'est-ce qu'on va manger ce soir, les économies pour s'acheter un canapé, une chaîne hi-fi, un appart. Avant les couches, le petit seau et la pelle sur la plage, les hommes que je ne vois plus, les revues de consommateurs pour ne pas se faire entuber, le gigot qu'il aime par-dessus tout et le calcul réciproque des libertés perdues. Une période où l'on peut dîner d'un yaourt, faire sa valise en une demi-heure pour un week-end impromptu, parler toute une nuit. Lire un dimanche entier sous les couvertures. S'amollir dans un café, regarder les gens entrer et sortir, se sentir flotter entre ces existences anonymes. Faire la tête sans scrupule quand on a le cafard. Une période où les conversations des adultes installés paraissent venir d'un univers futile, presque ridicule, on se fiche des embouteillages, des morts de la Pentecôte, du prix du bifteck et de la météo. Personne ne vous colle aux semelles encore. Toutes les filles l'ont connue, cette période, plus ou moins longue, plus ou moins intense, mais défendu de s'en souvenir avec nostalgie. Quelle honte ! Oser regretter ce temps égoïste, où l'on n'était responsable que de soi, douteux, infantile. La vie de jeune fille, ça ne s'enterre pas, ni chanson ni folklore là-dessus, ça n'existe pas. Une période inutile.

Pour moi quatre années où j'ai eu faim de tout, de rencontres, de paroles, de livres et de connaissances. Étudiante, même boursière, pour la liberté et l'égoïsme c'était rêvé. Une chambre loin de la famille, des horaires de cours lâches, manger ou ne pas manger régulièrement, se mettre les pieds sous la table au restau universitaire ou préférer un thé sur son lit en lisant Kafka. Luxe de me rabibocher avec une mère qu'il m'est indifférent de trouver maintenant gueularde et peu féminine, j'ai ouvert les yeux, les mères douces, comme celle d'Hilda qui pleure pour un rien, quel fardeau, toujours gaffer de ne pas leur faire de souci, de peine. La mienne me pose des questions avides et naïves sur ma nouvelle vie et complice, me glisse vingt francs dans la main, si tu as besoin de quelque chose, des livres, boire des cafés... Pas d'autres besoins assurément. Acheter, posséder, pas mes mots d'alors. Rue Bouquet, je lève la tête vers les hautes maisons bourgeoises aux rideaux anciens. L'ordre et l'immobilité, mais c'est un pur décor, ne me concerne pas et ne me concernera jamais. Moi je descends vers les lieux mouvants, vivants, les lieux à rencontres, salles de cours, cafés de la gare, bibliothèque, cinémas et je retourne au silence absolu de ma chambre. Alternance merveilleuse. Le matin, je vois des femmes secouer des chiffons, faire des signaux interminables sur leurs vitres, rentrer des poubelles. Je ne me pose pas de questions, ces gestes font partie d'un rituel étranger à ma vie. Que peut me faire cette femme derrière une poussette quand en riant et en discutant avec des copains je me rends sans hâte à un cours, indifférence, lui laisser machinalement la place de passer sur le trottoir, pitié.

Elle, toutes les femmes à mari et à mômes font partie d'un univers mort. Certains midis, j'achète à l'épicerie derrière la gare un demi-litre de lait, deux yaourts et une baguette. Mal à l'aise et timide : par expérience directe du comptoir maternel, je sais que des clientes comme moi, on s'en passerait bien, pour ce que ça rapporte. Mes emplettes coincées entre manteau et classeur, je me dépêche d'abandonner le terrain aux mères de famille et à leurs achats sérieux, dehors je respire l'air de la rue avec plaisir. Prête à jurer que la condition féminine la plus répandue ne sera jamais la mienne.

Des images de découverte et de liberté du temps d'avant, j'en ramasse comme je veux, ça ressemble à un film tourné en extérieur, des rues, des squares et des paysages de mer, ou dans des chambres. Ni cuisine ni salle à manger. Je suis couchée sur un lit. Livre, *Les Vagues.* Même scène, le livre a changé, *Crime et Châtiment.* Juin, les examens sont finis, je descends la rue Jeanne-d'Arc, odeur émouvante des cafés l'été, dans le square Verdrel, je discute avec Hilda, les dragueurs fébriles font partie du printemps et du bonheur de n'avoir plus de travail. Ou encore, je sors d'un bus qui m'a conduite dans la banlieue pavillonnaire de Rouen, je frappe à des portes, une enquête sur l'habitat, des femmes enlèvent leur tablier, me font entrer dans un living bien rangé en repoussant les enfants. Le nombre de pièces est-il suffisant ? Utilisez-vous la loggia ? Alerte, je note toutes les réponses à des questions dont j'ignorais l'importance, pratique, pas pratique, elles hésitent, supputent en passant et repassant la main sur le vernis de la table. J'éprouve un frisson de désolation, comment peuvent-elles vivre comme ça. Et puis, ouf, encore cinquante francs de gagnés. Sans remords. Avec l'argent des réponses sur les loggias et les facilités de votre cuisine, madame, je parcours l'Espagne avec une copine, Rome toute seule. À l'Escurial, des Allemandes baisent le tombeau de don Juan. Dans les ruelles avoisinantes, je le rencontre, il a les yeux bleus. À Madrid le soir d'après, dans le buen retiro au bout du couloir d'un hôtel sans étoiles, je grimpe sur la faïence, comme au foyer de jeunes filles. Un petit carré de ciel entre les murs noirs d'une cour intérieure et la rumeur de la ville, mais elle ne m'angoisse plus, adieu Juan, peut-être l'année prochaine à l'Escurial. À Rome, chaque matin je saute d'une traite les trois dernières marches de l'immeuble, la gardienne est assise à prendre le frais sous la voûte, près de la porte avec sa petite fille, buon giorno, et je m'envole vers la fontaine de Trevi, la piazza Navone. Elle, elle est de l'autre côté, je ne sais pas exactement de quoi, condamnée à répondre buon giorno à des filles qui dévalent l'escalier et se jettent dans les rues.

Poétise, poétise, fais-toi le grand cinéma de la liberté passée. Vrai que j'aimais ma vie, que je voyais l'avenir sans désespoir. Et je ne m'ennuyais pas. J'en ai réellement prononcé des propos désabusés sur le mariage, le soir dans ma chambre, avec les copines étudiantes, une connerie, la mort, rien qu'à voir la trombine des couples mariés au restau, ils bouffent l'un en face de l'autre sans parler, momifiés. Quand Hélène, licence de philo, concluait que c'était tout de même un mal nécessaire, pour avoir des enfants, je pensais qu'elle avait de drôles d'idées, des arguments saugrenus. Moi je n'imaginais jamais la maternité avec ou sans mariage. Je m'irritais aussi quand presque toutes se vantaient de savoir bien coudre, repasser sans faux plis, heureuses de ne pas être seulement intellectuelles, ma fierté devant une mousse au chocolat réussie avait disparu en même temps que Brigitte, la leur m'horripilait. Oui, je vivais de la même manière qu'un garçon de mon âge, étudiant qui se débrouille avec l'argent de l'État, l'aide modeste des parents, le baby-sitting et les enquêtes, va au cinéma, lit, danse, et bosse pour avoir ses examens, juge le mariage une idée bouffonne. Pareil, pas tout à fait. Je sais bien que je n'ai pas été le genre fille forte qui négocie habilement sa petite destinée. Toujours braque avec les hommes. Le copinage scout, l'amitié franche camarade les yeux clairs, à d'autres, il me suffit d'un rien quelquefois, la fréquence de quelques discussions, l'éclair d'un regard au-dessous d'une lampe de la bibliothèque pour que l'homme-paysage devienne un être désirable et merveilleux. Gamberge, nécessité de plaire, toujours l'excès, il faudrait « faire marcher les types », comme Hilda, aguicheuse et jamais troublée, mais ce que ça demande comme machiavélisme, et une persévérance effroyable, cultiver le mystère féminin me paraît fatigant et il ne doit plus rester de temps pour penser à autre chose. Je suis sûrement trop « facile » mais je m'arrête en cours de route. Il m'explique posément, naturellement, le Guillaume de médecine, dans sa chambre avec des femmes de Modigliani plein les murs, qu'il y a deux sortes de filles, les relaxes et les culs-bénits, les unes couchent, les autres non. Il ne tient qu'à moi de me métamorphoser de cul-bénit en relaxe, cesser d'être une « refoulée », la virginité on le sait est malsaine, jouis enfin merde. Garder ou non cette peau qui empêche de mettre des tampax, je m'en fiche, mais ce langage… De bouche à oreille circule le secret d'un objet plus sûr que le calendrier japonais, le diaphragme. Bien, mais il faut entendre ce gars de droit ricaner à la cafétéria, ma nana elle se cloque le soir sa rondelle de caoutchouc et elle la lave le matin à la fontaine. Vraiment exaltante la liberté sexuelle. Des gars en scooter sur le rond-point aux étudiants de la fac, pas beaucoup de différence. Obligée alors de changer souvent, avec remords, ce n'est pas « bien » pour une fille, il vaudrait mieux trouver le « bon », mais comment, où est-il, etc. On n'en sortait pas, moi, des tas d'autres. La cité universitaire des filles, c'était pire que le courrier du cœur de *Nous Deux*. Hélène, la manieuse de concepts philosophiques navigue de chagrin d'amour en rendez-vous loupé. Isabelle, tombée folle d'un type qui ne la regarde jamais, pleure dans la rue et ne pourra même pas se présenter à propé. Toutes emberlificotées de feuilletons inconsistants que bercent les chansons de Brel, Ferré mais aussi Aznavour et même Jean-Claude Pascal, tout fait cœur pour le sentiment. Du romanesque, de la crédulité à tous les étages. Il m'a dit que j'étais « authentique », quelle fierté. Et jalouses les unes des autres par-dessus le marché, nous méfiant, celle-là on ne l'invitera pas, elle est trop bien. Physiquement forcément, qu'est-ce que ça pourrait être d'autre. Bûcheuses, intellectuelles, surtout pas, ça dessert, avoir de la conversation à la fac comme ailleurs, c'est être appétissante. L'ingénue se porte aussi très bien, regarde le truc que j'ai acheté pour recourber les cils, la petite fille même, on mâchouille des chewing-gums au cours, on balance le sac à main nonchalamment, on asticote les garçons et l'on collectionne les marsupilami et les poupées de Peynet. L'étude des causes de la Révolution, la personne et le temps, très bien, être prof, d'accord, mais garder la féminité, alors dis-moi si je suis bien coiffée, sans laque je suis affreuse, prête-moi ton chemisier pour la crêpe-party. On avait l'impression de se laisser aller, de jouer un rôle qui intellectuellement nous gênait aux entournures. Ça ou la solitude, le problème était toujours le même. La mocheté du réel, on la taisait, les humiliations de fille ça se garde comme si on était fautives, qu'on l'ait méritée, l'humiliation, qu'on soit responsables de tout, des dépucelages manqués, des nuits incertaines, est-ce que ça s'appelle coucher ça, de leur grossièreté à eux. Des litotes honteuses tout au plus : « Si tu savais ce qu'il m'a proposé. » Parfois le souffle d'histoires effrayantes passe sur nous, Michelle la rousse, celle qu'on voyait toujours avec Machin, suicidée aux barbituriques, et Jeannette, un seau de sang, ça aurait été des jumeaux, on ne se lasse pas des détails chuchotés, avec de l'eau savonneuse. La fatalité. L'homme, libre, salaud, indifférent, comme ça lui chante, nous étions toutes d'accord.

Et en même temps, absurdement, espérer qu'il existe quelque part un homme qui ne sera pas la planche pourrie habituelle, le piège prévu, ô l'amour fou, la prédestination surréaliste, je marche à fond, il y aura un homme qui, même, m'évitera tous les pièges et toutes les humiliations. Villa Borghèse, des maboules me faisaient des gestes ridicules derrière les statues, piazza Venezia, il y a eu l'insulte de ce dragueur de touristes, pourquoi tu ne veux pas, tu as tes règles, et tous ces hommes-chiens à nous suivre, mon amie et moi, dans les jardins du Prado. L'homme qui me défendrait des autres, définitivement. Le temps file, propé, première deuxième année de licence, prof ça approche. Quelques filles se promènent ouvertement la main dans la main avec un garçon, disparaissent des cours, quelquefois elles reviennent avec le fameux air distant et entendu, elles sont mariées. J'ai un peu moins de mépris. Dans ma famille, on interroge, pas encore de petit fiancé ? Mes parents protestent, j'ai les études à finir, et puis, des fois, ils ajoutent que je suis bien plus heureuse comme ça. Mais c'est une formule jamais éclaircie, plutôt une défense pour justifier un comportement bizarre. Il y a toujours quelqu'un pour me lancer : « Tu ne veux tout de même pas rester vieille fille ! » La poussée insidieuse. Je ne suis pas une fille seule, je suis une fille pas encore mariée, existence encore indéterminée. Qu'est-ce que tu fais de beau, où tu vas en vacances, elle est mignonne ta robe, on ne sait pas de quoi parler avec une fille célibataire, tandis qu'un mari, des enfants, l'appartement, la machine à laver, ça meuble indéfiniment la conversation. Jusqu'à quel point je me fichais de tout cela. À moi aussi, inexplicablement, mon existence paraissait manquer de poids. L'angoisse de dix heures du soir, le trou noir du parking depuis le dernier étage de la cité universitaire. Ou encore au *Métropole*, autour d'une table avec des copains vaseux, déjà décatis on dirait à vingt-deux ans, sous le néon. La solitude fait facilement du misérabilisme. Jolies les nuits blanches et la soupe à l'oignon à l'aube sur les quais de la Seine, le baby-sitting et les auberges de jeunesse, la vie loin de l'ordre. Mais l'impression aussi que cette disponibilité ressemble au vide. À la sortie du restau, je distribue des tracts, je vais au meeting anti-O.A.S. mais c'est un peu comme si je faisais de la figuration. Je « flotte », un de nos mots courants entre filles pour désigner cette drôle de torpeur certains jours, la sensation d'être inconsistantes, pas réelles. Les autos défilent rue Jeanne-d'Arc, je louvoie dans la coulée des gens sur le trottoir, au creux d'une rumeur qui ne m'inclut pas vraiment. Ne plus flotter, avoir prise sur le monde, il m'arrivait de penser qu'avec un homme à mes côtés, tous mes actes, même les plus insignifiants, remonter le réveil, préparer le petit déjeuner, prendraient poids et saveur.

Je le connaissais depuis la veille. Des filles, un copain même me diront que ce n'était pas la bonne tactique, j'aurais dû le laisser mariner un peu. Impossible. Aimez ce que jamais on ne verra deux fois, phrase de femme ou non, elle me suit depuis l'adolescence, je partais le lendemain pour l'Italie, je n'avais pas le temps de mégoter. Faire l'amour m'apparaissait la condition absolue d'une nuit parfaite avec lui. D'une relation véritable. Un frère incestueux. Défloration, dépucelage, mots privatifs, impossibles. Le rire et la complicité, la parole libre, enfin. La lampe de cet hôtel dans les Alpes a brûlé toute la nuit au plafond de bois. Il pleut le matin. Des semaines de désespoir entre les monuments italiens. Quand l'odeur de sueur et de tabac a disparu du pull que je portais cette nuit-là, je pleure.

Plus tard, un train s'arrête à Bologne à cinq heures du matin, c'est la même aube poignante que celle de mes douze ans. Je suis bien dans le monde. Des usines sortent du bleu, la rumeur. Je suis seule, je suis libre, je vais le retrouver, rien ne me paraît contradictoire. Plus tard encore, nous sommes dans une chambre pleine de glaces louches près de la Stazione Centrale. Sur l'autostrade à faire du stop.

Longtemps, on ne s'est pas rencontrés deux fois de suite au même endroit. On se donnait rendez-vous au buffet des gares, à l'entrée des jardins publics. Chambres d'hôtel, vingt francs la nuit, déjà cher. L'amour qui campe, rien ne me plaisait davantage, mélancolie comprise. Encore une chambre qui sera souvenir dans un avenir où je ne suis pas sûre qu'il soit. D'un jour à l'autre, je me le répète, on peut se dire ciao, toutes les apparences de la liberté sont sauves. Je prépare un mémoire sur le surréalisme. L'amour, la liberté. L'impression exaltante que ma vie aussi est surréaliste. Nous finissons nos études dans des villes éloignées de six cents kilomètres. Rien n'est changé à son existence, ni à la mienne, en dehors de ces rencontres qui ressemblent toujours à une aventure. Le mal au dos en compartiment sans couchettes, dans le train de nuit Paris-Bordeaux, est pour moi prélude de la fête. Matins d'octobre râpeux, le patron du *New York* remet sur pied les chaises de la terrasse, odeur du percolateur, on achève de se réveiller devant un grand crème et un pain-beurre. Balades. Cinéma. La *Passion* selon saint Matthieu, tous les deux sur le lit. La même chambre maintenant. À lui, pas à nous, j'y viens en voyageuse. Ce sont des vacances, pour tous les deux, pas de travail quand nous sommes ensemble, quelques cours obligatoires à sciences po seulement pour lui. Pendant ce temps, je me promène, je ne connais personne. C'est ma ville plaisir et seulement plaisir, les examens c'est à Rouen que je les passe. Bordeaux-amour, Bordeaux-récompense, je me dépayse rue Fondaudège, rue des Trois-Conils, dans le train du retour, j'ai une géographie autour de son visage. La jalousie, les brouilles, la valise à moitié remplie, fréquent, mais on ne gâche pas une fête de quelques jours, je voulais emporter de bons souvenirs.

Alors quoi, la perfection, elle est belle l'image d'avant, genre magazine pour femmes libérées, pubs dans le coup, les filles d'aujourd'hui ont horreur des entraves, elles vivent pleinement, avec Coca-Cola ou les tampons X. Pas juste. Faire la part de la faiblesse et de la peur.

Il me tient par la main dans un café près de la gare Saint-Jean. *Set me free* gémit Ray Charles. Évidemment. La seule règle morale. Je regarde les gens dans la rue, des filles passent. On ne s'est rien interdit, dans cette foule il se trouvera des malignes pour ne pas préférer la liberté, qui essaieront de l'alpaguer. Les gares me font horreur.

Mon reflet dans la glace. Satisfaisant. Mais à vingt-deux ans, derrière le visage réel, déjà la menace d'un autre, imaginaire, terrible, peau fanée, traits durcis. Vieille égale moche égale solitude.

Et toujours ces questions si naturelles, anodines en apparence, ça marche toujours avec lui ? Est-ce que tu comptes te marier ? La désolation de mes parents devant une situation incertaine, « on aimerait bien savoir où ça va te mener tout ça ». Obligé que l'amour mène quelque part. Leur peine sourde aussi. Ce serait tellement plus agréable, plus tranquille pour eux de voir se dérouler l'histoire habituelle, les faire-part dans le journal, les questions auxquelles on répond avec fierté, un jeune homme de Bordeaux, bientôt professeur, l'église, la mairie, le ménage qui se « monte », les petits-enfants. Je les prive des espérances traditionnelles. L'affolement de ma mère quand elle apprend, tu couches avec, si tu continues tu vas gâcher ta vie. Pour elle, je suis en train de me faire rouler, des tonnes de romans qui ressortent, filles séduites qu'on n'épouse pas, abandonnées avec un môme. Un combat tannant toutes les semaines entre nous deux. Je ne sais pas encore qu'au moment où l'on me pousse à liquider ma liberté, ses parents à lui jouent un scénario tout aussi traditionnel mais inverse, « tu as bien le temps d'avoir un fil à la patte, ne te laisse pas mettre le grappin dessus ! », bien chouchoutée la liberté des mâles.

L'air était doux et bleuté sur le cours Victor-Hugo, la session des examens d'octobre venait de finir, on buvait un jus comme d'habitude, au *Montaigne.* Il regardait la rue, les voitures, en étirant et lissant sa barbe blonde. Brusquement il a dit : « C'est de Camus ça, aimer un être c'est accepter de vieillir avec lui. Une phrase juste. Tu ne trouves pas ? » J'ai le souffle retenu. « On devrait se marier, qu'est-ce que tu en penses ? » Cette mollesse qui me liquéfie subitement dans mon fauteuil de rotin, ma joie inavouable masquée d'un « il faut qu'on y réfléchisse », je m'en souviens. L'avenir, la vieillesse même ressemblaient à ce jour doré. Elle resplendissait d'une poésie lointaine, délicate, la petite phrase de Camus. Vieillir ensemble, comme une grâce qui fondait sur moi d'un seul coup, pas une once de pensée claire.

Mariage, qu'est-ce que ça voulait dire. Le soir, on a imaginé. On finirait nos études, je prendrais un poste dans un lycée, lui dans une boîte quelconque, on vivrait en meublé quelque temps, on se débrouillerait pour avoir un peu plus d'argent. Toute notre imagination s'arrêtait là. C'était un projet comme un autre, qui ne bouleversait pas notre vie, ou à peine, chacun continuerait de faire ce qu'il aimait, lui la musique, moi la littérature. Le seul problème qu'on percevait, fidélité ou non, parce qu'on s'était déjà colletés avec. Et aussi, répugnante, la durée, toujours la même bobine en face de soi, bref les lieux communs qui traînent sur le mariage. Pour finir, une autre idée rebattue, allons il fallait se lancer, c'était une « aventure nécessaire », à tenter, même si on ne se sentait pas spécialement doués pour.

Ils sont vite venus les doutes, des deux côtés. Fugitivement, l'impression que le projet de mariage ça suffisait, sur le coup on avait trouvé excitant de le faire, comme d'aller en stop au Danemark, mais si on ne le réalisait pas, ma foi tant pis. On voulait être sûrs-sûrs qu'on était prédestinés l'un à l'autre, qu'il n'y avait pas d'erreur. À d'autres moments, la croyance que notre malaise venait de l'incertitude elle-même, pour le supprimer, le pari de Pascal, foncer dans le mariage, on verrait après. Ma super lâcheté, l'inavouable, dans les derniers cercles de l'amour, je désire que mon ventre se fasse piège et choisisse à ma place. Faire l'amour comme on se tire les cartes, pour savoir l'avenir.

Mais les signes de ce qui m'attendait réellement, je les ai tous négligés. Je travaille mon diplôme sur le surréalisme à la bibliothèque de Rouen, je sors, je traverse le square Verdrel, il fait doux, les cygnes du bassin ont reparu, et d'un seul coup j'ai conscience que je suis en train de vivre peut-être mes dernières semaines de fille seule, libre d'aller où je veux, de ne pas manger ce midi, de travailler dans ma chambre sans être dérangée. Je vais perdre définitivement la solitude. Peut-on s'isoler facilement dans un petit meublé, à deux. Et il voudra manger ses deux repas par jour. Toutes sortes d'images me traversent. Une vie pas drôle finalement. Mais je refoule, j'ai honte, ce sont des idées de fille unique, égocentrique, soucieuse de sa petite personne, mal élevée au fond. Un jour, il a du travail, il est fatigué, si on mangeait dans la chambre au lieu d'aller au restau. Six heures du soir cours Victor-Hugo, des femmes se précipitent aux Docks, en face du *Montaigne*, prennent ci et ça sans hésitation, comme si elles avaient dans la tête toute la programmation du repas de ce soir, de demain peut-être, pour quatre personnes ou plus aux goûts différents. Comment font-elles ? La foule peut-être, la chaleur, surtout, ce butinement automatique des femmes dans les rayons, j'erre d'une rangée à l'autre sans savoir quoi prendre. En dehors des biftecks, des œufs et de la soupe en sachet, je ne sais rien faire de rapide. Pour lui préparer ce soir ce qu'il aime, des concombres, des frites, une mousse au chocolat, il me faudrait des heures. Je suis au bord des larmes devant toute cette bouffe étalée qui ne m'inspire rien. Je n'y arriverai jamais. Je n'en veux pas de cette vie rythmée par les achats, la cuisine. Pourquoi n'est-il pas venu avec moi au supermarché. J'ai fini par acheter des quiches lorraines, du fromage, des poires. Il était en train d'écouter de la musique. Il a tout déballé avec un plaisir de gamin. Les poires étaient blettes au cœur, « tu t'es fait entuber ». Je le hais. Je ne me marierai pas. Le lendemain, nous sommes retournés au restau universitaire, j'ai oublié. Toutes les craintes, les pressentiments, je les ai étouffés. Sublimés. D'accord, quand on vivra ensemble, je n'aurai plus autant de liberté, de loisirs, il y aura des courses, de la cuisine, du ménage, un peu. Et alors, tu renâcles petit cheval tu n'es pas courageuse, des tas de filles réussissent à tout « concilier », sourire aux lèvres, n'en font pas un drame comme toi. Au contraire, elles existent vraiment. Je me persuade qu'en me mariant je serai libérée de ce moi qui tourne en rond, se pose des questions, un moi inutile. Que j'atteindrai l'équilibre. L'homme, l'épaule solide, anti-métaphysique, dissipateur d'idées tourmentantes, qu'elle se marie donc ça la calmera, tes boutons même disparaîtront, je ris forcément, obscurément j'y crois. Mariage, « accomplissement », je marche. Quelquefois je songe qu'il est égoïste et qu'il ne s'intéresse guère à ce que je fais, moi je lis ses livres de sociologie, jamais il n'ouvre les miens, Breton ou Aragon. Alors la sagesse des femmes vient à mon secours : « Tous les hommes sont égoïstes. » Mais aussi les principes moraux : « Accepter l'autre dans son altérité », tous les langages peuvent se rejoindre quand on veut.

Sa façon à lui de douter, ça devait être sa mauvaise humeur subite, ses crises d'agressivité qui nous menaient jusqu'à la rupture. Une heure. Rabibochage. On le scelle au *Montaigne* autour d'un jus. Il me sourit : « On y arrivera, va. »

La trépidante futilité des dernières semaines est venue, emportant les questions. Publications, alliances, visite médicale, robe, casseroles, moulin à café. Amusant, mais je n'aurai pas le temps de présenter mon diplôme à la session de juin. Pourtant, ce mariage n'est qu'une formalité, pas de frais, pas de noce, juste les parents et les témoins, le chiqué et les falbalas, lunch et robe longue, on est d'accord, il faut laisser ça aux conards et aux crâneurs. Nous ce sera le genre à la sauvette, pour une concession qu'on accorde à la société, aux parents, même le curé à cause d'eux, « ils auraient trop de peine », et un contrat devant notaire. Mais attention, on n'est pas dupes de la comédie, qu'est-ce qu'on va se marrer, pour que ce soit supportable. À cause de cet état d'esprit, on a eu l'impression superbe de ne pas faire comme les autres, d'être mariés à la rigolade. Vrai que ça n'a pas été triste. De voir tous ces mariages à la chaîne un samedi matin à l'hôtel de ville, un quart d'heure et aux suivants, d'entendre ces paroles tellement prévues, usées, qu'elles sonnent comme du théâtre, voulez-vous prendre pour époux, de cavaler ensuite à l'église où un nouvel embouteillage de noces reléguera la nôtre dans une chapelle, dix personnes seulement, on aurait même pu nous caser dans la sacristie. Trop étroite, l'alliance qu'il me passe à l'annulaire s'arrête en cours de progression, le curé s'impatiente, interrompu dans ses bénédictions. Le jeu de mains dure, impossible, tant pis le petit doigt fera l'affaire. Le repas au restaurant est moins drôle, que signifie gueuletonner entre gens qui ne se connaissent pas. Si différents. Mon père semble poursuivre son rêve en mangeant sa langouste, ma mère parle. En face c'est l'inverse, monsieur père si bien si forte personnalité, autorité naturelle, cadre supérieur, s'impose comme meneur de conversations, mais madame mère, délicieuse, embijoutée, ne rêve pas, elle écoute son mari et pouffe à ses saillies. Il m'avait prévenue, tu verras, ma mère est charmante. Une phrase que j'avais souvent entendue au sujet des mères, là ça crevait les yeux, une femme sûrement incapable de contrarier personne, et un tact merveilleux pour glisser à son époux que peut-être, Robert, tu exagères. Devant elle, je me sens variété de femme mal dégrossie, même c'est comme si l'on n'était pas du même sexe. Juste un léger malaise devant ce couple, je n'imaginais pas que son image puisse se glisser dans la nôtre.

Nous sommes au bord de la Seine, les ombres s'allongent autour des massifs de fleurs, sur la terrasse du restaurant. En face, la forêt Brotonne, noire. Autrefois, avec ma mère, on venait se promener ici, à Caudebec. Le soir en attendant le car, je voyais la même forêt de l'autre côté de l'eau, les pontons pour le bac de traversée, j'étais une petite fille. Voilà, ça y était. Rigolade ou pas, je suis mariée. Il fume à côté de moi. Un peu sonnée. Les règles, faire l'amour, ça devait arriver nécessairement, mais se marier ? Tout ce que je viens de vivre ressemble au tas de choses ni voulues ni refusées vraiment qui en tirent par là une douceur romanesque. Un de ces jours dont je savais que le sens ne s'éclairerait que plus tard.

Nous descendons sur Bordeaux dans une vieille bagnole. La bonne aventure recommence. Bien sûr, c'est lui qui conduit, un détail, tu tiens vraiment à prendre le volant, il me cède comme si c'était un caprice ridicule de gamine butée. Je renonce pour avoir l'air intelligente. Il ne m'a pas pesé au début, le mariage. Au contraire. Incroyable de légèreté. Prononcer, mon mari, entendre, ma femme, drolatique, incongru, j'évite le mot mari et lui il dit souvent, « mon femme », il y a du frère, du copain là-dedans, mieux. Mon nom, celui que j'ai appris à écrire lentement, peut-être le premier mot que mes parents m'ont obligée à orthographier correctement, celui qui faisait que j'étais moi partout, qui claquait lors d'une punition, resplendissait sur un tableau de résultats, sur les lettres de ceux que j'aimais, il a fondu d'un seul coup. Quand j'entends l'autre, plus sourd, plus bref, j'hésite quelques secondes avant de me l'approprier. Pendant un mois je flotte entre deux noms, mais sans douleur, juste un dépaysement.

Dans quelle maison habiterai-je, trou, cabane, palais, château, la corde sifflait et s'empêtrait dans les jambes, palais ! On n'a pas de sous pour. Ce sera la cabane améliorée, c'est-à-dire le meublé pas trop cher. Dans le Bordeaux écrasant de juillet, la bagnole sautille sur les pavés, toutes nos possessions tiennent sur le siège arrière, couvertures, casseroles, électrophone et machine à écrire. On fonce dans des rues froides pour ressortir sur des esplanades blanches de soleil, un terrible rodéo entre ombres et lumières pour dénicher un gîte pour nous deux. Le jeu du mariage n'est plus aussi amusant. Loyers effrayants, logements ignobles. Salauds. Mais on n'a pas beaucoup plus de vingt ans, suants, échauffés par les rues, on se sent triomphants et complices devant ces loueurs blêmes de garnis miteux dans des grands immeubles noirs. La course finit dans un pavillon fleuri de banlieue, un pincement de regret, j'aurais préféré les quartiers du centre, l'univers d'avant, la fac, la biblio, les cafés, s'éloignent trop d'un seul coup. À la place, le silence, des fleurs. Et quelle excitation de s'installer, là on mettra de la toile de jute, l'électrophone ici, le premier disque, de fureter dans la cuisine, essayer le gaz. La maison pour rire avec ses meubles rococo disparates, du rebut sans style, qu'on quittera l'année prochaine, après les derniers examens. Les premiers mois du mariage, c'était comme l'enfance qui remontait. Je mimais les gestes des femmes mariées. « Deux biftecks », bien tendres j'ajoute, parce qu'il me semble l'avoir souvent entendu, j'essaie d'avoir de l'assurance, qu'on ne voie pas que je ne connais rien à la barbaque. Je m'applique à perdre la gaucherie des adolescents dans les boutiques. Et la dînette charmante. Les tomates scintillent dans leur huile, odeur molle des pommes de terre rissolées, autour de la table minuscule, l'amour devient tendresse, la cuisine du meublé, intérieur hollandais avec sa paix et son harmonie. La petite vaisselle, deux assiettes, deux couverts, deux verres et une poêle, moins que Blanche-Neige dans la maison des nains et ça séchera tout seul sur la paillasse jusqu'au prochain repas. Tant pis pour la tablette qui se caramélise sous le gaz, à force de débordements, la poussière sous les meubles, les lits pas faits. On emprunte de temps en temps l'aspirateur à la proprio et c'est lui qui le passe sans rechigner. On va ensemble au supermarché, on choisit, pas beaucoup de fric, un gigot, quelle folie, le manque d'argent nous unit, complicité du risque et du rire que provoque entre nous deux le sentiment de notre expérience. Qui parle d'esclavage ici, j'avais l'impression que la vie d'avant continuait, en plus serré seulement l'un avec l'autre. Complètement à côté de la plaque, *Le Deuxième Sexe* !

Un mois, trois mois que nous sommes mariés nous retournons à la fac, je donne des cours de latin. Le soir descend plus tôt, on travaille ensemble dans la grande salle. Comme nous sommes sérieux et fragiles, l'image attendrissante du jeune couple moderno-intellectuel. Qui pourrait encore m'attendrir si je me laissais faire, si je ne voulais pas chercher comment on s'enlise, doucettement. En y consentant lâchement. D'accord je travaille La Bruyère ou Verlaine dans la même pièce que lui, à deux mètres l'un de l'autre. La cocotte-minute, cadeau de mariage si utile vous verrez, chantonne sur le gaz. Unis, pareils. Sonnerie stridente du compte-minutes, autre cadeau. Fini la ressemblance. L'un des deux se lève, arrête la flamme sous la cocotte, attend que la toupie folle ralentisse, ouvre la cocotte, passe le potage et revient à ses bouquins en se demandant où il en était resté. Moi. Elle avait démarré, la différence.

Par la dînette. Le restau universitaire fermait l'été. Midi et soir, je suis seule devant les casseroles. Je ne savais pas plus que lui préparer un repas, juste les escalopes panées, la mousse au chocolat, de l'extra, pas du courant. Aucun passé d'aide-culinaire dans les jupes de maman ni l'un ni l'autre. Pourquoi de nous deux suis-je la seule à devoir tâtonner, combien de temps un poulet, est-ce qu'on enlève les pépins des concombres, la seule à me plonger dans un livre de cuisine, à éplucher des carottes, laver la vaisselle en récompense du dîner, pendant qu'il bossera son droit constitutionnel. Au nom de quelle supériorité. Je revoyais mon père dans la cuisine. Il se marre, « non mais tu m'imagines avec un tablier peut-être ! Le genre de ton père, pas le mien ! » Je suis humiliée. Mes parents, l'aberration, le couple bouffon. Non je n'en ai pas vu beaucoup d'hommes peler des patates. Mon modèle à moi n'est pas le bon, il me le fait sentir. Le sien commence à monter à l'horizon, monsieur père laisse son épouse s'occuper de tout dans la maison, lui si disert, cultivé, en train de balayer, ça serait cocasse, délirant, un point c'est tout. À toi d'apprendre ma vieille. Des moments d'angoisse et de découragement devant le buffet jaune canari du meublé, des œufs, des pâtes, des endives, toute la bouffe est là, qu'il faut manipuler, cuire. Fini la nourriture-décor de mon enfance, les boîtes de conserve en quinconce, les bocaux multicolores, la nourriture surprise des petits restaurants chinois bon marché du temps d'avant. Maintenant c'est la nourriture corvée.

Je n'ai pas regimbé, hurlé ou annoncé froidement aujourd'hui c'est ton tour, je travaille La Bruyère. Seulement des allusions, des remarques acides, l'écume d'un ressentiment mal éclairci. Et plus rien, je ne veux pas être une emmerdeuse, est-ce que c'est vraiment important, tout faire capoter, le rire, l'entente, pour des histoires de patates à éplucher, ces bagatelles relèvent-elles du problème de la liberté, je me suis mise à en douter. Pire, j'ai pensé que j'étais plus malhabile qu'une autre, une flemmarde en plus, qui regrettait le temps où elle se fourrait les pieds sous la table, une intellectuelle paumée incapable de casser un œuf proprement. Il fallait changer. À la fac, en octobre, j'essaie de savoir comment elles font les filles mariées, celles qui, même, ont un enfant. Quelle pudeur, quel mystère, « pas commode » elles disent seulement, mais avec un air de fierté, comme si c'était glorieux d'être submergée d'occupations. La plénitude des femmes mariées. Plus le temps de s'interroger, couper stupidement les cheveux en quatre, le réel c'est ça, un homme, et qui bouffe, pas deux yaourts et un thé, il ne s'agit plus d'être une braque. Alors, jour après jour, de petits pois cramés en quiche trop salée, sans joie, je me suis efforcée d'être la nourricière, sans me plaindre. « Tu sais, je préfère manger à la maison plutôt qu'au restau U, c'est bien meilleur ! » Sincère, et il croyait me faire un plaisir fou. Moi je me sentais couler.

Version anglaise, purée, philosophie de l'histoire, vite le supermarché va fermer, les études par petits bouts c'est distrayant mais ça tourne peu à peu aux arts d'agrément. J'ai terminé avec peine et sans goût un mémoire sur le surréalisme que j'avais choisi l'année d'avant avec enthousiasme. Pas eu le temps de rendre un seul devoir au premier trimestre, je n'aurai certainement pas le CAPES, trop difficile. Mes buts d'avant se perdent dans un flou étrange. Moins de volonté. Pour la première fois j'envisage un échec avec indifférence, je table sur sa réussite à lui, qui, au contraire, s'accroche plus qu'avant, tient à finir sa licence et sciences po en juin, bout de projets. Il se ramasse sur lui-même et moi je me dilue, je m'engourdis. Quelque part dans l'armoire dorment des nouvelles, il les a lues, pas mal, tu devrais continuer. Mais oui, il m'encourage, il souhaite que je réussisse au concours de prof, que je me « réalise », comme lui. Dans la conversation, c'est toujours le discours de l'égalité. Quand nous nous sommes rencontrés dans les Alpes, on a parlé ensemble de Dostoïevski et de la révolution algérienne. Il n'a pas la naïveté de croire que le lavage de ses chaussettes me comble de bonheur, il me dit et me répète qu'il a horreur des femmes popotes. Intellectuellement, il est pour ma liberté, il établit des plans d'organisation pour les courses, l'aspirateur, comment me plaindrais-je. Comment lui en voudrais-je aussi quand il prend son air contrit d'enfant bien élevé, le doigt sur la bouche, pour rire, « ma pitchoune, j'ai oublié d'essuyer la vaisselle... » tous les conflits se rapetissent et s'engluent dans la gentillesse du début de la vie commune, dans cette parole enfantine qui nous a curieusement saisis, de ma poule à petit coco, et nous dodine tendrement, innocemment.

Pas ensuquée tout à fait. Un jour, la scène, mon déballage, pas méthodique, des cris et des larmes, des reproches en miettes, qu'il ne m'aide pas, qu'il décide de tout. D'un seul coup, j'ai entendu mon ami, celui qui discutait avec moi politique et sociologie hier encore, qui m'emmenait en voilier me lancer : « Tu me fais chier, tu n'es pas un homme, non ! Il y a une petite différence, quand tu pisseras debout dans le lavabo, on verra ! » Je voudrais rire, ce n'est pas possible, des phrases pareilles dites par lui et il ne rit pas. Dans les rues muettes de la banlieue, devant les villas fleuries, je marche des heures. Ça, la vie surréaliste. Toutes les solutions immédiates de me libérer me paraissent des montagnes. La femme qui part au bout de trois mois, quelle honte, sa faute forcément, il y a un laps de temps convenable. Patienter. C'était peut-être une phrase en l'air, qu'il a dite sans y penser. La machine à se laminer toute seule est en train de se mettre en route. Je suis revenue et je n'ai pas rempli la valise, même à moitié.

Quelques faits, autant de repères. Un jour il m'a rapporté *Elle* ou *Marie-France*. S'il m'a acheté ce journal, c'est qu'il me voyait autrement qu'avant, il pensait que je pouvais être intéressée par « cent idées de salades » ou « un intérieur coquet à peu de frais ». Ou bien j'avais déjà changé et il croyait me faire plaisir. Je ne fais pas son procès, j'essaie de refaire la route. Ensemble on commençait à prendre des habitudes qui sentent l'installé, douceur aujourd'hui, demain monotonie. Les infos à treize heures, *Le Canard enchaîné* le mercredi, le cinéma le samedi soir et la nappe le dimanche. L'amour seulement la nuit. À la radio, une voix rauque chantait *Z'étaient belles les filles du bord de mer*... J'épluchais des haricots verts, par la fenêtre de la cuisine, j'apercevais les jardins, les pavillons. En ce moment sur le sable de Lacanau ou du Pyla, des filles luisaient, bronzaient, libres. Le chromo produit solaire, bien sûr. Mais je sentais que je ne serais jamais plus une fille du bord de mer, que je glisserais dans une autre image, celle de la jeune femme fourbisseuse et toujours souriante des publicités pour produits ménagers. D'une image à l'autre, c'est l'histoire d'un apprentissage où j'ai été refaite.

Introït doucement la famille, l'autre, le bon modèle. Ils n'habitent pas loin. Ne s'imposent pas, gens bien éduqués, brèves visites, petits repas, un couple charmant. Monsieur père, toujours aussi parleur, perpétuel diseur de bons mots et contrepèteries en tous genres sous le regard indulgent de son épouse. Attention, pas pitre, derrière les plaisanteries, toujours l'autorité, dans l'œil, la voix, la façon de réclamer la carte au restaurant, d'être imbattable sur le chapitre des vins et la tactique du bridge. Toujours gaie, madame mère, sautillante, jamais assise, elle m'entraîne, laissons causer les hommes, nous on va préparer le dîner, non non mon garçon on se débrouillera, tu nous gênerais ! Tout de suite, le tablier, l'éplucheur à légumes avec entrain, du persil sur la viande froide, une tomate en rosace tralali, de l'œuf dur sur la salade, tralala. Une danse mutine qu'accompagne un gazouillis complice, le tampon vert vous ne connaissez pas c'est rudement chic. Quand elle se brûle, elle dit « mercredi ». Quelquefois, les confidences ; j'avais fait une licence de sciences naturelles, j'avais même donné des cours dans une institution et puis j'ai rencontré votre beau-père, rires, les enfants sont venus, trois, rien que des garçons, vous imaginez, rires. Et voilà. Elle me confie en soupirant, tout en passant alertement un coup de chiffon sur l'évier, les hommes, les hommes, ils ne sont pas toujours faciles, mais elle sourit en même temps, presque orgueilleusement, comme si c'étaient des enfants, qu'il faille leur pardonner leurs frasques, « on ne les changera pas vous savez ! » Elle s'apitoie maternellement sur moi, elle m'excuse, vos études ne vous fatiguent pas trop, vous n'avez pas le temps de nettoyer à fond c'est normal. Je déteste cette manière insidieuse de s'occuper de moi. Sa gentillesse perpétuelle me gêne, un truc où l'on s'ensable, obligée de répondre pareil, sucre et miel, puérilité et fausseté tout ensemble. Comment oserais-je dire quoi que ce soit. Tellement agréable, d'humeur égale, des femmes comme elle c'est reposant, m'a-t-il dit un jour. Attentive aux autres. Comme s'il n'y avait rien mais rien au-dessus pour une femme, le catalogue des perfections féminines, je ne le connaissais pas, j'ai commencé à en apprendre les articles. « Café ! » tonitrue monsieur père, calé sur sa chaise. « Voilà voilà ! » s'affaire madame mère. Bouf, ne t'inquiète pas ma chérie, c'est un jeu entre eux, il gueule et elle court mais ils s'adorent, je t'assure, tu aurais tort de t'indigner. Le soir tombe, mon beau-père s'installe au volant de la D.S., elle grimpe d'une jambe juvénile et nous fait au revoir, au revoir, de sa main gantée. À chaque fois j'étais mélancolique. Personne ne trouvait ridicule son gazouillis, sa pétulance ménagère, tout le monde l'admirait, ses fils, ses belles-filles, de s'être consacrée à l'éducation de ses enfants, au bonheur de son mari, on ne pensait pas qu'elle aurait pu vivre autrement.

Voulue, non voulue. Les moyens d'empêcher une naissance gardaient une marge d'imprévisible. Même quand c'était sûr, on aurait pu ne pas vouloir. La petite vieille à lunettes double foyer acceptait pour quatre cents francs et pas plus sale que ma tante Élise à qui elle ressemblait avec sa robe noire et sa figure mastic. Pourquoi préférer le oui. Parmi tous les sens possibles, pour nous deux je choisis celui-là : conjurer la rupture, transformer en destin ce qui n'était que hasard. Pour lui, au pire, la satisfaction de la virilité, tout le monde verrait qu'il en avait quelque part, au mieux la curiosité, père qu'est-ce que c'est. Moi, le désir de tout connaître, la même hâte qu'autrefois quand le cœur me battait d'envie en pensant aux relations d'un homme et d'une femme. Croire aussi obscurément que c'est obligé de vivre tout de la féminité pour être « complète » donc heureuse. Peut-être une forme mesquine, inavouable de la vengeance... Il écoute Bach, il étudie, moi aussi mais moins, la vaisselle et la bouffe me mangent les études et Bach, alors je vais lui en donner des responsabilités, des gênes, rien de mieux qu'un môme. Il y a eu de tout dans le oui. Qu'on puisse vouloir une chose et son contraire, depuis ce moment je sais que c'est possible. À peine la cause a-t-elle été entendue entre nous que je doute. Je vois que je vais m'enfoncer pendant des mois dans une vie close de couches et de biberons, le CAPES adieu forcément, plus du tout de temps à moi, quant à rêver quelle plaisanterie. Que la petite vieille serait la solution responsable vis-à-vis de lui et de moi. J'ai eu honte d'annoncer cette nouvelle à ma mère, le laisser-aller qu'elle reniflerait, tout de suite elle m'imaginerait langeant, poulottant et ça ne la ravirait pas. Tout juste en effet si elle n'a pas pris l'annonce de cette naissance future comme celle d'un déshonneur pour moi et mon père s'est affligé qu'une tuile pareille nous arrive. Autre son de cloche en face. Ce sera mon troisième petit-enfant, calcule mon beau-père. Je ne comprends pas sa fierté, dégoût même, mon ventre familial.

Il y a eu l'odeur chavirante du lait matinal en train de bouillir, tous ces aliments qui se dénaturent dans ma bouche. Je cherche le fruit, le gâteau qui aurait conservé le goût d'avant. Entre le monde et moi s'étend une mare grasse, des relents de pourriture douce. Arrachée à moi-même, flasque. Je lisais que c'était mauvais signe d'avoir mal au cœur, qu'au fond du fond je ne devais pas le vouloir cet enfant, que c'était suspect. Je n'y croyais pas, je trouvais normal que le corps se révolte, qu'il n'accepte pas de se laisser habiter sans dire ouf. Les premiers mois, ça ressemble davantage à un ulcère d'estomac qu'à une vie en train de se faire. Et après, l'enfant tressaillit dans son sein, la vieille Élisabeth de la Bible, deux millions de grands mots, traduits en zozoteries par la sage-femme sans douleur, les futurs papas sont tellement contents de sentir le bébé bouzer et zigoter le soir vous verrez. Moi j'étais étonnée, j'avais envie de rire devant ce ventre bosselé, lui je le sentais gêné, je comprenais que ça doit être effrayant pour un homme. La grossesse glorieuse, plénitude de l'âme et du corps, je n'y crois pas, même les chiennes qui portent montrent les dents sans motif ou somnolent hargneusement. La vraie maternité, ce n'est pas en sentant les coups de pied du soir qu'elle est tombée sur moi, ni en promenant dans les rues mon gros ventre, cet orgueil-là ne vaut pas mieux que celui de la bandaison. Pendant les neuf mois, les raisons d'être mélancolique ne manquaient pas. L'Afrique où nous ne pourrions plus aller comme prévu, avant. Examen de plus en plus vague pour moi, et une masse d'inquiétudes, qui le gardera, combien ça coûtera. Le désir obscur de rester enceinte le plus longtemps possible, que la naissance n'arrive jamais. Je voulais retenir mes derniers moments de femme seulement femme, pas encore mère, mes derniers jours avant les six tétées, les six changes et les pleurs. L'après-naissance me faisait peur, j'essayais de ne pas y penser. Toute mon imagination s'arrêtait à l'accouchement, décrit dans l'euphorie par la sage-femme, une partie de plaisir, la preuve, sur le disque on entendait une parturiente souffler en cadence, pas un mot plus haut que l'autre et soudain, attendrissant à pleurer, le premier cri du nouveau-né, enfoncées définitivement les images horribles de l'enfance, les fers et le sang, les scènes de torture d'*Autant en emporte le vent*, cordes et eau chaude, hurlements. Pour me distraire de l'inquiétude, il y a eu aussi le rassemblement de tous les gadgets de la naissance. Nous voici tous les deux pour la première fois dans un Prémachin, affriolant de vêtements minuscules et colorés, d'atours délicieux, bavoirs brodés, barboteuses, hochets clinquants, tout pour jouer à la poupée vivante. Et des Mickey et des Donald partout, sur les assiettes à bouillie, les cache-brassière. C'était irréel cet univers lilliputien. Le sentiment d'une régression terrible, pour lui et moi. Couches, chemises premier âge, deuxième âge, landau. Après il y aura la chaise pour manger, le parc. Vous savez, c'est le premier qui coûte, ça ressert aux suivants, dit la vendeuse. Plus fortement que le jour du mariage, si léger au fond, je me sens entraînée doucement, sous des couleurs layette, dans un nouvel engrenage.

Comment en parler de cette nuit-là. Horreur, non, mais à d'autres le lyrisme, la poésie des entrailles déchirées. J'avais mal, cette conne de sage-femme, j'étais une bête recroquevillée, soufflante, qui préférait l'obscurité à la moindre veilleuse, pas la peine de voir l'apitoiement de ses yeux, il ne peut rien pour moi. Traversée des mêmes images pendant six heures, ni riche ni variée l'expérience de la souffrance. Je suis sur une mer démontée, je compte les secondes d'intervalle entre les vagues de douleur qui cherchent à m'engloutir, sur lesquelles il faut caracoler à toute biture en haletant. Deux chevaux m'écartèlent interminablement les hanches.

Une porte qui refuse de s'ouvrir. Une seule idée claire, et fixe, les reines accouchaient assises et elles avaient raison, je rêve d'une grande chaise percée, je suis sûre que ça partirait tout seul. Ça, la douleur naturellement, depuis le milieu de la nuit, l'enfant a disparu dans les vagues. Il n'y a pas eu la grande chaise mais la table dure, les projecteurs braqués, les ordres venus de l'autre côté de mon ventre. Le pire, mon corps public, comme les reines cette fois. L'eau, le sang, les selles, le sexe dilaté devant tous. Voyons ça n'a pas d'importance à ce moment-là, ça ne compte pas, juste un passage innocent pour l'enfant. Même. Il fallait bien qu'il voie cette débâcle, qu'il en prenne plein les mirettes de ma souffrance. Qu'il sache, qu'il « participe », affublé d'une blouse blanche et d'une toque comme un toubib. Mais être cette liquéfaction, cette chose tordue devant lui, oubliera-t-il cette image. Et à quoi me sert-il finalement. Comme les autres, il répète « pousse, respire, ne perds pas les pédales » et il s'affole quand je cesse de me conduire en mater dolorosa stoïque, que je me mets à hurler. « Vous gâchez tout madame ! » et lui, « tais-toi, reprends-toi ! ». Alors j'ai serré les dents. Pas pour leur faire plaisir, seulement en finir. J'ai poussé comme pour jeter un ballon de football dans les nuages. J'ai été vidée d'un seul coup de toute la douleur, le toubib me grondait, vous vous êtes déchirée, c'est un garçon. L'éclair d'un petit lapin décarpillé, un cri. Souvent après, je me suis repassé le film, j'ai cherché le sens de ce moment. Je souffrais, j'étais seule et brutalement ce petit lapin, le cri, tellement inimaginable une minute avant. Il n'y a toujours pas de sens, simplement il n'y avait personne, puis quelqu'un. Je l'ai retrouvé dans la chambre de la clinique une demi-heure après, tout habillé, sa tête couverte de cheveux noirs bien au milieu de l'oreiller, bordé jusqu'aux épaules, étrangement civilisé, j'avais dû imaginer qu'on me le remettrait nu dans des langes comme un petit Jésus.

Je me suis pliée fièrement, ostensiblement aux injonctions du carnet de sécu, le meilleur lait c'est le lait maternel, vous le devez à votre enfant mais je n'ai jamais surmonté l'appréhension de la seconde où les gencives vont s'agripper, m'évider le sein comme une ventouse vorace. Pas encore par là qu'elle est entrée en moi la maternité. Mais dans certains moments silencieux de la clinique. Il lit *Les Frères Karamazov* près de la fenêtre, je parcours des notes, souvent je m'arrête, je me penche sur le petit lit accolé au mien avec une espèce de stupeur et d'angoisse. Commencer à guetter le souffle, à porter en moi la mort possible de mon enfant. Chaque matin, je filerai au landau dans un demi-sommeil. Histoires de bébés étouffés, les couvertures, la brassière ou la fatalité. Plus tard, je verrai des films au cinéma, le soir, à travers l'image brouillardeuse d'un enfant hurlant de douleur dans l'appartement vide. Le plaisir aussi, la peau douce et tiède à modeler, la chanson d'avant les mots, et toutes les premières fois, celle du rire édenté, de la tête qui se soulève en tremblotant au-dessus du corps à plat ventre, de la main qui trouve le boulier. Moments parfaits. J'en ai connu d'autres, certains bouquins, des paysages, la chaleur des salles de classe quand je serai prof. Ils ne s'opposent pas.

Restait l'élevage. Pouponner, disaient-elles, la logeuse, ma belle-mère. Gracieux, pouponner, joujou, risette dodo l'enfant do. Trop énorme pour y croire. Je découvre la journée rythmée par six changes et six biberons, la bonne volonté n'y a rien fait, mon lait a séché en dix jours. Cinq heures du matin, je contemple fixement la casserole du bain-marie où réchauffe le lait. Vitreuse. Que des ouvriers partent à la même heure pour prendre le quart, que les éboueurs balancent les ordures dans la benne ne me console pas, j'ai l'impression qu'ils ne sont pas dans le même ordre que moi. Nourriture et merde sans relâche. En plus, obsession du microbe et du pet de travers. Bien sûr, magnifier l'humble tâche, l'œuvre de choix qui veut beaucoup d'amour, etc., transfigurer la merde. Chercher de la poésie dans les traces de lait dégouliné, le linge souillé, peut-être. Des matins ensoleillés, dans la salle de bains, en lavotant, étendant les petites laines blanches et bleues sur le fil, je la sens cette possibilité d'aimer tout ça, de me dire, c'est la vie Lisette. Jamais. Si je commençais à aimer, je serais perdue.

Une chance, étudiant, il était souvent là, il

voyait, les couches, les biberons, il entendait les cris de six heures du soir. Plus possible de tricher, me décharger verbalement, laisse ta vaisselle, viens écouter la *Passion* selon saint Matthieu, de me proposer de belles organisations. Ça lui crevait les yeux : si je m'occupais seule du Bicou, fini les études et crouiquée la fille d'avant, celle qui avait des projets plein la tête. Il ne veut pas la mort de cette fille-là. Ni bourreau ni borné, il n'accepterait pas que je me transforme du jour au lendemain en pousseuse de landau. Il a besoin de croire que je suis aussi libre que lui, il ne supporterait pas l'image brutale d'une femme torchon. Et puis je résisterais. Abolir d'un seul coup l'espoir de l'enfance, avoir une profession, la visée parfois molle mais jamais étouffée de « faire quelque chose », je ne pourrais pas. La peau d'âne, ça fait rire, minable de s'accrocher à un concours, qu'on peut bien être heureux sans, que les richesses intérieures suffisent, suspect, avoir un enfant et rêver aussitôt de courir les bibliothèques, toute la vie devant soi pour recommencer, tandis que votre enfant c'est maintenant qu'il a besoin de vous, il en pleut des arguments et des reproches. Par bonheur, ici j'étais sourde. Quel homme aurait dû lâcher cours et cahiers pour faire le ménage et donner le biberon. Alors moi non plus. Et peau d'âne tant qu'on veut, l'examen c'est ce qui me tiendra la tête hors des casseroles et des langes, l'ultime signe de mon indépendance, mon étoile.

On a partagé l'élevage. À toi le biberon du soir, à moi celui du matin, à l'un ou à l'autre les décrottages de couches sous le jet de la douche, les cours à la fac chacun son tour. Pas le nirvâna d'un seul coup, le grand fou rire de se coltiner les bouteilles d'Evian, d'attendre patiemment le rot en faisant les cent pas, mais supportable, drôle parfois. Jamais la rancœur d'être seule à nourrir et à torcher, la merde partagée c'est moins de la merde. Des fois ça ressemblait à l'amour. Il se promène précautionneusement entre le bureau et l'armoire, s'arrête devant la fenêtre, repart. Contre son épaule il y a un paquet blanc d'où sort une petite tête oscillante. Le monde est tout ce qu'il doit être. Ses mains savent reposer dans le landau le Bicou aussi doucement que les miennes, il sait aussi bien que moi essuyer délicatement la bouche poisseuse de lait, vérifier la chaleur du biberon en secouant quelques gouttes sur son bras nu. Nous ignorions tout, nous avons appris ensemble. J'avais une infinie confiance en ses gestes. La logeuse qui faisait tititi au-dessus du Bicou, toutes les gardiennes de la terre, ne le valaient pas. Ce partage, je le vivais avec naturel, pas idée de l'en remercier jour et nuit comme d'une action héroïque, d'un sacrifice qu'il aurait accepté pour me « permettre » d'avoir un métier, je ne réclame pas d'adoration pour la vaisselle et la bouffe qui me sont définitivement échues.

J'avais encore des masses d'illusions. Je n'imaginais pas que bientôt il jugerait indigne de prendre parfois ma place auprès de l'assiette à bouillie, que plus tard encore, non il ne regretterait pas d'avoir nourri, changé le Bicou mais que ça lui paraîtrait un épisode un peu folklo lié à notre manque de fric et à notre condition indécise d'étudiants.

Vrai qu'on n'était pas installés dans la société. Les cours particuliers ne ressemblaient pas à un vrai travail, le restau universitaire bon marché nous dépannait les jours de ma lassitude nourricière, les rideaux pouvaient rester cradingues et les meubles sans cire, ils n'étaient pas à nous. Il pleuvait sans arrêt sur le cours d'Albret, rien que des devantures de meubles et on sautait de magasin en magasin en évitant les flaques, main dans la main. On cherchait un fauteuil. Celui-là, le tissu est trop vif, moche le moderne. Le premier meuble qu'on achète ensemble, le premier meuble à nous. C'était amusant. La bonne femme disait avec des airs confidentiels, vaguement respectueux, de l'acajou, pur anglais, et elle passait la main sur le cuir du siège, les accoudoirs. Nous interrogeant, d'un peu haut, vous êtes meublés en quoi ? On hésite, meublés en rien, justement. Un fauteuil anglais ça va partout absolument partout. J'avais un vieux trench bleu à capuche, ses cheveux à lui étaient collés par la pluie. Vous aurez des facilités de paiement, évidemment. Elle nous méprise, jeune ménage cucul, et elle veut nous fourguer son fauteuil. Stop la comédie, on se regarde tous les deux. On va réfléchir au revoir. Dehors, le rire, la pluie, vite, le Bicou est tout seul, à Manufrance il se rappelle avoir vu un fauteuil rustique à trois cents balles, demain. Petits-bourgeois qui se montent, suivent la route bien conformiste. Ça ne me faisait pas du tout cet effet-là, je nous voyais désarmés, légers, en face des rouages de la société, ce fauteuil juste une folie un peu plus grosse qu'un disque, pas un objet de couple rassis. Je croyais encore vivre une aventure et ça suffisait pour imaginer l'avenir ensemble sans rechigner. Bientôt nous quitterons le meublé, la banlieue bordelaise, pour quelle ville ? Il vient de finir ses examens, les offres d'emploi du *Monde* ont le charme d'un catalogue de vacances, le premier mois du moins. Chef du personnel à Bourges, animateur socioculturel pour Fontenay-aux-Roses, jeune diplômé, Martigues, Versailles, Aix-en-Provence. Les noms s'effacent sur la carte, les espérances aussi, pas si facile qu'on croyait de trouver un vrai travail. Il ne reste plus qu'un emploi administratif dans une ville que je me figure toute blanche autour d'un lac bleu ardoise entre des montagnes étincelantes. Excitation de boucler les valises, adieu Bordeaux, vive Annecy. Bien sûr j'ai été collée au CAPES, c'était couru, tout le monde me l'a dit, folie même d'avoir tenté, voulu à toute force. Tant pis, « il a réussi, lui, c'est le principal », je le pensais moi aussi. Je comptais sur lui, j'avais cessé de me prendre complètement en charge. Pourtant persuadée de n'avoir perdu de ma liberté d'avant que des scories individualistes qui ne valaient sans doute pas le coup d'être pleurées. Un an et demi que nous vivions ensemble.

Annecy, lac et montagnes, neige et soleil, baignades, ski. Le paradis des touristes. Le dernier dimanche d'octobre, on n'en a pas rencontré, ils étaient partis depuis longtemps. Personne dans les rues, sauf aux abords du cimetière. Notre immeuble n'était pas loin de l'entrée principale. En débarrassant les valises, je voyais de la fenêtre du F3, au premier étage, des voitures s'arrêter devant le marchand de fleurs qui étalait des centaines de pots de chrysanthèmes. Il passait aussi des Nord-Africains avec des passe-montagnes, des vestons pisseux ils portaient des sacs ou des cageots de provisions. Au-dessous de l'immeuble, en face du marchand de fleurs, il y avait un urinoir en béton et des bancs. Je suis allée aux courses une heure après notre arrivée parce que c'était la première des choses à faire, qu'il fallait manger. Chercher une épicerie, une boucherie, une boulangerie. Je n'ai pas eu le temps de regarder les rues. Mon premier souvenir d'Annecy je fais la queue à « L'étoile des Alpes », est-ce que j'ai oublié quelque chose, beurre, sel, tout m'a paru plus cher qu'à Bordeaux, les commerçants avaient un air renfrogné. Je suis revenue avec mes sacs au milieu des gens à chrysanthèmes. Les biftecks étaient durs, il m'a dit qu'il faudrait changer de boucher. L'après-midi seulement on est allés au lac en voiture. Des cygnes sur le rivage, comme dans les cartes postales, mais les montagnes étaient pelées, sans neige. Un gros casino plâtreux, visiblement fermé, occupait la partie droite d'une étendue engazonnée devant le lac. Tu pourras venir te promener ici avec le Bicou, ça doit être beau quand il y a du soleil.

Je déteste Annecy. C'est là que je me suis enlisée. Que j'ai vécu jour après jour la différence entre lui et moi, coulée dans un univers de femme rétréci, bourré jusqu'à la gueule de minuscules soucis. De solitude. Je suis devenue la gardienne du foyer, la préposée à la subsistance des êtres et à l'entretien des choses. Annecy, le fin du fin de l'apprentissage du rôle, avant c'était encore de la gnognote. Des années bien nettes, sans aucun de ces adoucissements qui aident à supporter, une grand-mère pour garder l'enfant, des parents qui vous soulagent de la tambouille de temps en temps par des invitations, ou encore suffisamment de sous pour se payer la dame-qui-fait-tout du matin au soir. Moi, rien, du dépouillé, un mari, un bébé, un F3, de quoi découvrir la différence à l'état pur. Les mots maison, nourriture, éducation, travail n'ont plus eu le même sens pour lui et pour moi. Je me suis mise à voir sous ces mots rien que des choses lourdes, obsédantes, dont je ne me débarrassais que quelques jours, au mieux quelques semaines, par an. « Offrez à votre femme quinze jours sans vaisselle ni repas à préparer, le Club vous attend. » Et la liberté, qu'est-ce que ça s'est mis à vouloir dire. Ah ricanent les bonnes âmes, faut pas se marier quand on ne veut pas en accepter les conséquences, les hommes aussi y laissent des plumes là-dedans, et regardez autour de vous, ceux qui n'ont que le SMIC, qui n'ont pas eu la chance de faire des études, qui fabriquent des boulons toute la journée, non c'est trop facile de rameuter toute la misère du monde pour empêcher une femme de parler, c'est à cause de raisonnements comme celui-là que je me taisais.

Il y a eu le premier matin. Celui où, à huit heures, j'ai été seule dans le F3 avec le Bicou en train de pleurer, la table de la cuisine encombrée par la vaisselle du petit déjeuner, le lit défait, le lavabo de la salle de bains noirci par la poussière du rasage. Papa va travailler, maman range la maison, berce bébé et elle prépare un bon repas. Dire que je croyais ne jamais être concernée par le refrain du cours préparatoire. Jusqu'ici nous avions vécu de longs moments ensemble dans la journée, il n'épluchait pas les patates mais il était là, les patates se faisaient plus gaies. Je regarde les bols, le cendrier plein, tous les reliefs matinaux à effacer. Quel silence à l'intérieur quand le Bicou cesse de chanter. Je me vois dans la glace au-dessus du lavabo sale. Vingt-cinq ans. Comment avais-je pu penser que c'était ça la plénitude.

Le minimum, rien que le minimum. Je ne me laisserai pas avoir. Cloquer la vaisselle dans l'évier, coup de lavette sur la table, rabattre les couvertures, donner à manger au Bicou, le laver. Surtout pas le balai, encore moins le chiffon à poussière, tout ce qu'il me reste peut-être du *Deuxième Sexe,* le récit d'une lutte inepte et perdue d'avance contre la poussière. De toute façon, bien peu de meubles encore, de quoi s'asseoir et dormir. Farouche, je rouvre mes bouquins, sans oser examiner mes chances de succès, sans penser au temps si proche où le Bicou se traînera partout à quatre pattes, tripotant, fouinant, et ne dormira plus qu'à la sieste. Je me plonge dans la phonétique française, je psalmodie les paradigmes avec la ferveur de certaines gens qui récitent des neuvaines pour un vœu extraordinaire à exaucer.

Je n'ai pas tenu longtemps.

« Mais rien n'est prêt ! Il est midi vingt ! Il faut que tu t'organises mieux que ça ! Il faut que le petit ait fini son repas quand j'arrive, je voudrais bien avoir la paix le temps du midi. Je TRAVAILLE, tu comprends, maintenant ce n'est plus la même vie ! » Est-ce que c'est la même vie pour moi, impossible de suivre des cours, le Bicou, la bouffe, etc., un torchon qui brûle de l'espèce la plus ordinaire. Plus tard on mange sans un mot les biftecks et les spaghettis, la radio, pour meubler. Des voix se succèdent et proposent des verbes, un jeu idiot, le tirelipot ça s'appelle. Je lave la vaisselle. Assis à la table, il dit à mi-voix, « ce n'est pas possible » d'un ton très las. Non, pas possible d'imaginer avant le mariage un moment pareil. Je ne l'excuse pas, je ne veux pas entrer dans le piège de la compréhension continuelle et me sentir coupable de ne pas l'avoir accueilli, en souriant, les casseroles au chaud et le bébé emmerdeur escamoté. Quand je travaillerai « au-dehors », ces privilèges qu'il réclamait, il fera beau voir que je les suggère seulement. Mais il avait raison, plus la même vie, il était embringué dans le système du travail huit heures-midi, deux heures-six heures avec rabiot même, s'accrocher à son poste, se montrer indispensable, compétent, un « cadre de valeur ». Dans cet ordre-là, il n'y avait plus de place pour la bouillie du Bicou, encore moins pour le nettoyage du lavabo. Un ordre où il valait mieux aussi que la table soit mise, l'épouse accueillante, le repos du chef, sa détente, et il repartira requinqué à deux heures moins le quart pour rebosser. De lui ou de cet ordre, je ne sais pas lequel des deux m'a le plus rejetée dans la différence.

Quand il rentrait à midi, il trouvait la table dressée le Bicou dans son lit, gentil dodo, le transistor à côté de son assiette. Le lavabo nettoyé, les cendriers vidés, les plis du dessus de lit bien droits. Le minimum se gonflait. Lui faire plaisir, éviter ses reproches, un peu. Rien à côté de ce qui m'entraîne peu à peu, l'idée, bientôt l'évidence, qu'il ne faut pas négliger un si joli petit intérieur.

Elle fonctionne bien la société, devinez à quoi un jeune ménage va employer ses premiers sous. Un lampadaire en bois tourné espagnol, une glace ancienne, une table à jeux, un vieux piano, des rideaux voile plein jour. Un à un, les objets entrent dans notre vie, se disposent autour de nous. Toujours main dans la main, nous revoici devant les vitrines. Salles de séjour, chambres complètes, crédit sur trente mois. Nous, c'est plutôt le genre brocante, antiquités pas trop chères, le petit style, la fouine, comme dans *La Maison de Marie-Claire.* Le samedi, pas à pas, des heures à tâter, comparer, discuter, pas assez grand, pas cette couleur, plus bronze, plus patiné, sans franges, camaïeu, trop cher. Regarde cette lampe. Tu as vu le prix. Le mois prochain. Tu crois qu'ils l'auront encore. Elle irait drôlement bien dans le living pourtant. On rentre doucement avec la lampe. Il l'essaie tout de suite. Un abat-jour irisé, des ombres légères se dessinent au plafond, une tache lumineuse sur l'acajou de la table. Il pose un livre relié dans le rond de lumière, le décale un peu, il l'enlève, un cendrier à la place. Parfait. On se regarde, on se sourit. Bien sûr on le sait que le bonheur ne se confond pas avec la possession des choses, l'être et l'avoir on a appris, et Marcuse, du caca aliénant les choses. Mais quoi, enfin, ce serait fou de vivre dans un F3 tout nu, et nous on n'achète pas n'importe quelle saloperie, de la réflexion, du goût, un art presque, je nous trouvais purifiés par notre attitude esthétique de toute fièvre consommatrice.

Il est venu aussi le temps de la cuisinière nickel à ne pas oser cuire un œuf au plat, le frigo lumineux avec une pédale pour ouvrir avec le pied quand on a les deux mains encombrées. Au gnouf le vieux réchaud à gaz. Je me sens dépaysée devant ces appareils neufs, mais je m'amuse aussi, le four à hublot, le contrôle beurre, gril fort, gril faible, « Madame, votre Laura, elle avait même un prénom la cuisinière, vous permettra de réussir tous les petits plats dont les vôtres raffoleront ». Oh la connerie, tout de même, je n'étais pas mécontente de voir monter dans le four le premier soufflé de ma vie, et lui de s'émerveiller, vraiment réussi, bravo. Puéril, mais anodin je croyais. Quelque chose même qui nous liait subtilement, le soufflé entamé gaiement, la glace qu'on vient d'acheter, qu'il fixe au mur avec précaution, passe-moi le marteau, le crochet X. Un petit nid charmant pour nous trois. Quelle différence avec le meublé sans style de l'année dernière, comment pouvait-on supporter. Joie innocente. Mais le revers, l'engrenage insoupçonnable devant les vitrines. La logique imperturbable de l'ordre où l'on s'embringuait. Du voile plein jour, des meubles à soi qui vous ont coûté la peau des fesses, pour lesquels on s'endette, comment ne pas les « entretenir », comment laisser la poussière les ternir, la saleté des jours les encrasser et les enlaidir. Les moutons dansant la gigue sous le lit, le lait débordé qui sèche en dessins roux c'était bon pour avant. Il faut maintenant préserver la beauté de notre cadre. Maintenir l'harmonie. N'ai-je pas un aspirateur tout neuf avec une flopée de bidules adaptables pour gober même les poussières invisibles. Je ferai un effort tant pis si extraire l'engin du placard, monter, changer les bidules, reranger, bouffe trois fois plus de temps qu'un coup de balai. Non je n'aimais pas, je cavalais furieusement d'une pièce à l'autre, d'une prise à l'autre. Je me croyais obligée. Ou alors il aurait fallu vivre autrement, tellement autrement que je n'arrivais pas à l'imaginer. Annecy, c'était une « situation d'avenir ».

Bon, à midi, ciao, à ce soir. La solitude. Pas celle des dix-huit ans, à la fenêtre des chiottes à dix heures du soir, ni celle de la chambre d'hôtel d'où il venait de sortir, en Italie, à Rouen. Une solitude de pièces vides en compagnie d'un enfant qui ne parle pas encore, avec comme but des tâches minuscules, sans lien entre elles. Je ne m'y habituais pas. Comme si j'étais d'un seul coup sur le carreau. Il aura pour lui l'air froid de la rue, l'odeur des magasins qui s'ouvrent, il entrera dans son bureau, difficile de s'y mettre, mais il sera heureux d'avoir fini un dossier. Jalouse oui, pourquoi pas, cette appréhension de la difficulté, le plaisir de la vaincre, moi aussi j'aime. Dans cet intérieur douillet, quelles difficultés, quel triomphe, ne pas rater la mayonnaise ou faire rire le Bicou qui pleurait. Je me suis mise à vivre dans un autre temps. Fini les heures suspendues, molles et douces à la terrasse des cafés, le *Montaigne* en octobre. Les heures oubliées du livre poursuivi jusqu'au dernier chapitre, des discussions entre copains. Mort pour moi le rythme de l'enfance et des années d'avant, avec les moments pleins et tendus dans un travail, suivis d'autres, la tête et le corps soudain flottants, ouverts, le repos. Mais pas mort pour lui. Midi, soir, samedi et dimanche, il retrouve le temps relâché, lit *Le Monde*, écoute des disques, vérifie le chéquier, s'ennuie même. La récréation. Je n'ai plus connu qu'un temps uniformément encombré d'occupations hétéroclites. Le linge à trier pour la laverie, un bouton de chemise à recoudre, rendez-vous chez le pédiatre, il n'y a plus de sucre. L'inventaire qui n'a jamais ému ni fait rire personne. Sisyphe et son rocher qu'il remonte sans cesse, ça au moins quelle gueule, un homme sur une montagne qui se découpe dans le ciel, une femme dans sa cuisine jetant trois cent soixante-cinq fois par an du beurre dans la poêle, ni beau ni absurde, la vie Julie. Et puis quoi c'est que tu ne sais pas t'organiser. Organiser, le beau verbe à l'usage des femmes, tous les magazines regorgent de conseils, gagnez du temps, faites ci et ça, ma belle-mère, si j'étais vous pour aller plus vite, des trucs en réalité pour se farcir le plus de boulots possible en un minimum de temps sans douleur ni déprime parce que ça gênerait les autres autour. Moi aussi, j'y ai cru au pense-bête des courses, aux réserves dans le placard, le lapin congelé pour les visiteurs impromptus, la bouteille de vinaigrette toute préparée, les bols en position dès le soir pour le petit déjeuner du lendemain. Un système qui dévore le présent sans arrêt, on ne finit pas de s'avancer, comme à l'école, mais on ne voit jamais le bout de rien. Mon dogme, c'était plutôt la vitesse. Surtout pas la danse légère, le chiffon amoureux, les tomates en petites fleurs, mais le pas de charge, le galop ménager pour dégager une heure dans la matinée, pure illusion souvent, surtout foncer vers la grande trouée de la journée, le temps personnel enfin retrouvé, mais toujours menacé : la sieste de mon fils.

Deux années, à la fleur de l'âge, toute la liberté de ma vie s'est résumée dans le suspense d'un sommeil d'enfant l'après-midi. Guetter d'abord, le souffle régulier, le silence. Dort-il, pourquoi ne dort-il pas aujourd'hui, l'agacement. Ça y est enfin, le sursis d'un temps fragile, empoisonné par la crainte d'un réveil prématuré, klaxon de voiture, sonnerie, conversation sur le palier, je voudrais encotonner l'univers autour du lit. Deux heures pour me ruer dans la préparation du CAPES. Des cris, un déboulis de cubes, le couinement du nounours, à chaque fois l'impression d'être coincée. Mais qu'il est joli le bébé qui s'éveille, tout frais, heureux de vivre, je sais. Moi aussi je roulais le store avec pétulance, modulais, on a fait son gros dodo, allez pipi, et on ira se promener tous les deux au Jardin, on donnera du pain aux cygnes, je la remontais la joie maternelle à grand renfort de rires, chansons et chatouilles au Bicou. Loin de moi ce désir indigne de le laisser dans son parc en me fourrant des boules Quies dans les oreilles pour continuer mon travail. Je dois être avant tout une vraie mère, me précipiter dans la chambre du Bicou dès son réveil, vérifier la couche-culotte scrupuleusement, renifler, préparer la sortie en poussette mais doucement, rythme de l'enfant d'abord. Mais qu'est-ce qui m'obligeait. Mômes mal torchés de mon enfance, à l'odeur surette, poussés tout seuls sous l'œil si peu éducatif d'une voisine fatiguée ou d'un grand-père gaga, comme si je pouvais les prendre comme exemples ! Leurs mères étaient pauvres et ne connaissaient rien à la puériculture. Moi je vis dans un joli appartement, avec baignoire gonflable, pèse-bébé et pommade pour les fesses, pas pareil, et la malédiction de la psychanalyse « tout est joué avant trois ans », je la connais par cœur. Elle pèse sur moi vingt-quatre heures sur vingt-quatre et sur moi seule forcément puisque j'ai la charge totale de l'enfant. Et je l'ai lue la bible des mères modernes, organisées, hygiéniques, qui tiennent leur intérieur pendant que leur homme est au « bureau », jamais à l'usine, ça s'appelait *J'élève mon enfant*, je, moi, la mère, évidemment. Plus de quatre cents pages, cent mille exemplaires vendus, tout sur le « métier de maman », il m'a apporté ce guide un jour, peu de temps après notre arrivée à Annecy, un cadeau. Une voix autorisée, la dame du livre, comment prendre la température, donner le bain, un murmure en même temps, comme une comptine, « papa, c'est le chef, le héros, c'est lui qui commande c'est normal, c'est le plus grand, c'est le plus fort, c'est lui qui conduit la voiture qui va si vite. Maman, c'est la fée, celle qui berce, console, sourit, celle qui donne à manger et à boire. Elle est toujours là quand on l'appelle », page quatre cent vingt-cinq. Une voix qui dit des choses terribles, que personne d'autre que moi ne saura s'occuper aussi bien du Bicou, même pas son père, lui qui n'a pas d'instinct paternel, juste une « fibre ». Écrasant. En plus une façon sournoise de faire peur, culpabiliser, « il vous appelle... vous faites la sourde oreille... dans quelques années, vous donnerez tout au monde pour qu'il vous dise encore : Maman, reste ».

Alors tous les après-midi, je sortais le Bicou pour être une mère irréprochable. Sortir, appeler ça sortir, le même mot qu'avant. Il n'y avait plus de dehors pour moi, c'était le dedans qui continuait, avec les mêmes préoccupations, l'enfant, le beurre et les paquets de couches que j'achèterais au retour. Ni curiosité, ni découverte, rien que la nécessité. Où, la couleur du ciel, les reflets du soleil sur le haut des murs. Comme les chiens je n'ai d'abord connu d'Annecy que les trottoirs. Toujours le nez au sol à pister, la hauteur des bordures, la largeur, passe, passe pas, à louvoyer entre les obstacles, poteaux, panneaux *France-Soir* et *France-Dimanche*, gens qui se jettent aveuglément sur le landau.

Au Jardin, nous étions entre femmes, tranquilles sur les bancs, ou nous promenant nonchalamment dans les allées au cœur de l'après-midi. User le temps, attendre que l'enfant grandisse. Elles me demandaient l'âge du mien, comparaient avec le leur, les dents, la marche, la propreté. Après, quand le Bicou marchait et jouait avec d'autres enfants, on surveillait, teigneuses mine de rien, on se faisait complices contre les sales cabots qui font leur crotte tout près, contre les grands de douze ans avec leur bicyclette dans les allées, ça devrait être interdit. Rien d'autre ou presque comme conversations. Je me rappelais celles entre copines, pas si vieux, même pas trois ans, ces histoires de cœur excitantes, loin de ces mornes considérations sur les mômes. Mais est-ce qu'il y avait tellement de différence entre « je sors ce soir avec Machin quelle robe je mets » et « dépêchons-nous de partir, papa va rentrer », une phrase que je disais moi aussi. Nous étions chacune isolée par le fameux halo de la femme mariée, on se rabattait sur les enfants, sans danger, parce qu'on n'osait pas se laisser aller, raconter, comme l'ombre du mari toujours entre nous. Autour de nous, le paysage était superbe, le lac, les montagnes gris-bleu. En juin, l'orchestre du casino s'est installé sur la terrasse pour les touristes, l'écho des blues et des pasos parvenait jusqu'au bac à sable. La vie, la beauté du monde. Tout était hors de moi. Il n'y avait plus rien à découvrir. Rentrer, préparer le dîner, la vaisselle, deux heures vacillantes sur un bouquin de travail, dormir, recommencer. Faire l'amour peut-être mais ça aussi c'était devenu une histoire d'intérieur, ni attente ni aventure. Au retour je passais dans les rues du centre à cause des grands trottoirs. Dans les cafés entraient des filles seules, des hommes. Moi je pénétrais dans le seul endroit de la ville où je ne serais pas incongrue avec un jeune enfant, un endroit à femmes, de la caissière aux clientes, et des caddies pour pousser ensemble la bouffe et bébé sans se fatiguer. Le supermarché, la récompense des sorties.

Oui, je sais, le Bicou riait aux cygnes, rampait sur l'herbe, puis il s'est mis à lancer des balles, il s'émerveillait devant les tricyles, descendait le toboggan avec un air sérieux. Mais moi. Dire le coinçage, l'étouffement, tout de suite le soupçon, encore une qui ne pense qu'à elle, si vous ne sentez pas la grandeur de cette tâche, voir s'éveiller un enfant, le vôtre madame, le nourrir, le bercer, guider ses premiers pas, répondre à ses premiers pourquoi – le ton doit monter de plus en plus pour retomber en couperet – il ne fallait pas en avoir, d'enfant. À prendre ou à laisser le plus beau métier du monde, pas faire le détail. La grandeur je ne l'ai jamais sentie. Quant au bonheur, je n'ai pas eu besoin de *J'élève mon enfant* pour ne pas le rater quand il m'est tombé dessus certaines fois, toujours à l'improviste. Un après-midi de septembre, je lui ai acheté une auto rouge. Je l'ai vu descendre l'escalier du Prisunic, marche à marche, à cause de ses jambes de dix-huit mois, serrant à deux mains l'auto possédée contre son pull, avide, farouche. Et le jour, avant, où pour la première fois il s'est lancé dans l'espace, debout, du fauteuil à ma chaise, la bouille tendue, puis le rire quand il a réussi, une fois, plein de fois. Je n'ai pas besoin de me souvenir de tout pour prouver que j'étais « aussi » une vraie mère, comme autrefois une vraie femme. Je ne veux pas non plus entrer dans cet ordre où l'on compare, oppose, est-ce que vous ne croyez pas que ces moments avec votre enfant n'étaient pas plus enrichissants que taper à la machine, fabriquer des roulements à bille, même est-ce que ça ne vaut pas tous les bouquins, la vie ça, pas de l'imaginaire. Le coup de la plus belle part, on me l'a fait, et c'est elle qui m'avait retenue d'aller chez la vieille à lunettes. Aujourd'hui je veux dire la vie non prévue, inimaginable à dix-huit ans, entre les bouillies, la vaccination au tétracoq, la culotte plastique à savonner, le sirop Delabarre sur les gencives. La charge absolue, complète, d'une existence. Attention, pas la responsabilité ! Je l'élève seule, le Bicou, mais sous surveillance. Qu'est-ce qu'il a dit le docteur, il a les ongles trop longs tu devrais les lui couper, qu'est-ce qu'il a au genou, il est tombé ? tu n'étais donc pas là ? Des comptes à rendre, tout le temps, mais pas le ton tyrannique, du doucereux, du normal. Quand le soir il prend dans ses bras le Bicou radieux, nourri, débarbouillé, culotté de frais pour la nuit, c'est comme si j'avais vécu la journée entière pour arriver à ces dix minutes de la présentation de l'enfant au père. Il le fait sauter en l'air, le chatouille, le couvre de bisous.

Je les regardais tous les deux, je riais, un contentement lâche. Des heures de garde, de soins, de renoncement à moi. Comme sa mère à lui. De quoi te plains-tu, les filles mères et les divorcées n'ont pas d'homme à qui faire l'offrande de leurs sacrifices, le soir. Mais des fois, au Jardin, derrière la poussette, j'ai eu l'impression étrange de promener Son Enfant, pas le mien, d'être la pièce active et obéissante d'un système aseptisé, harmonieux, qui gravitait autour de lui, le mari et le père, et qui le rassurait. Femme moderne, pantalon et caban fourré, avec enfant dans les allées. Pour faire bonne mesure quelques cygnes sur le lac ou une nuée de pigeons. Une gravure qui lui aurait plu s'il m'avait rencontrée.

Lui, il n'a jamais traversé Annecy avec un enfant dans une poussette, décollé précautionneusement la foule du trottoir en disant pardon pardon. Il n'a jamais attendu sur un banc que l'après-midi s'écoule et que l'enfant grandisse. Annecy, il l'a découvert les mains dans les poches, tranquille, après son travail, tout l'espace était libre devant lui. Moi je ne connaissais que des rues à poussette et à courses, celle du boucher, du pharmacien, du pressing, des rues utiles. Quand le soir, rendez-vous de docteur, coiffeur, achat quelconque, je sortais seule et qu'il gardait le Bicou, je déboulais follement sur le trottoir comme une mouche à demi estourbie, il fallait que je réapprenne la marche d'une femme seule. Le dedans, l'appartement, il devait le porter en lui comme l'image détachée d'un refuge, pas comme celle d'un endroit à remettre toujours en ordre, qui vous saute dessus dès l'entrée, les paquets à ranger, le repas du petit à préparer, le bain. On n'habitait pas le même appartement en fin de compte. Lui il allumait une cigarette, il promenait ses regards sur la lampe douce, les reflets des meubles, il allait pisser dans la porcelaine étincelante, se laver les mains dans un lavabo rendu vierge tous les jours, il traversait le carrelage propre du couloir et lisait *Le Monde* dans le living. Il pouvait goûter son intérieur dans toute sa chaleur, s'y épanouir à l'aise, ce qu'on est bien chez soi. Il n'avait ni lavé, ni frotté, joué les fouille-merde dans tous les coins. Que le plaisir. Surtout ne pas laisser traîner un chiffon, l'Ajax ou une serpillière, qu'est-ce que ça fait là, il me rapportait « ça » du bout des doigts, comme une chose absurde, insupportable dans le décor. Rien que la beauté et l'ordre. Deux heures de l'après-midi. Dans la cuisine, toutes les traces du déjeuner sont effacées, l'évier brille à se voir dedans. J'ai reposé sur la table le pot rustique où l'on voit des bergers jouer du pipeau sur fond bleu. Une discrète odeur d'O'Cedar. Le Bicou dort. Pour qui pour quoi cet ordre, simplement s'il venait quelqu'un je n'aurais pas besoin de dire comme mes tantes, faites pas attention à la maison. Toute mon agitation depuis le matin sept heures aboutissait à ce vide. Ça doit être l'heure où des femmes avalent des comprimés, se versent un petit verre ou prennent des trains pour Marseille. Le monde arrêté.

Il avait faim. Quelle sensation ça fait de s'étaler la serviette sur les genoux et de voir arriver des nourritures qu'on n'a pas décidées, préparées, touillées, surveillées, des nourritures toutes neuves, dont on n'a pas reniflé toutes les étapes de la métamorphose. Je l'ai oublié. Bien sûr le restaurant parfois, rare, il faut prendre une baby-sitting, et c'est de l'extraordinaire, des plats avec parfum de fric et je-te-sors-ce-soir-ma-jolie. Pas sa fête à lui, biquotidienne, tranquille, pas besoin de remercier, chic du céleri rémoulade, le bifteck saignant, les pommes de terre sautées fondantes dans le caquelon. Quand je me sers de pommes de terre en face de lui, ça fait une demi-heure que je les respire, les pré-mâche presque, toujours à goûter, la quantité de sel, le degré de cuisson, à couper l'appétit, le vrai, celui qui est désir et salive. Mais lui, qu'il mange au moins, qu'il paie mes efforts, intraitable déjà, qu'il nettoie les plats, les restes me font horreur, comme une peine perdue, du gâchis d'énergie, et puis traîner dans le frigo un passé de nourriture qu'il faudra regoûter, resservir, maquiller, j'en ai mal au cœur d'avance. La joie et la curiosité de manger, je n'ai pas voulu qu'elles sombrent tout à fait. Femmes grignoteuses, toujours démasquées, que des frustrées, des infantiles, satisfactions orales en catimini hou les vilaines manières. Moi je crois que les bouts de chocolat et de fromage en douce, les lichées de pâte à même le saladier ont sauvé ma part de faim. Le grignotage, c'était mon tout-prêt à moi, sans assiette ni couvert qui rappelle le rite de la table, une revanche sur l'éternité de mangeaille à prévoir, acheter, préparer. Trois cent soixante-cinq repas multipliés par deux, neuf cents fois la poêle, les casseroles sur le gaz, des milliers d'œufs à casser, de tranches de barbaque à retourner, de packs de lait à vider. Toutes les femmes, le travail naturel de la femme. Avoir une profession, comme lui, bientôt, ne m'y fera pas échapper, au frichti. Quelle tâche un homme est-il obligé de se coltiner, tous les jours, deux fois par jour, simplement parce qu'il est homme. Si loin la petite mousse au chocolat mensuelle de l'adolescence, mon joyeux alibi pour montrer que je savais faire quelque chose de mes dix doigts comme les autres filles. Des kilos d'aliments mitonnés, dévorés aussitôt, faire de la vie, ça dépend de quel point de vue on se place, du mien ça ressemble à une marche vers la mort.

J'ai bien pris l'habitude, je notais les courses sur le pense-bête affiché dans la cuisine avec un petit nœud rouge, je cuisinais du simple en semaine, de l'extra le dimanche et aux rencontres familiales. Mais si, reprenez-en. Délicieux ma petite fille délicieux. Qu'ils s'en mettent jusque-là, qu'ils me couvent d'un air ravi, elle s'y est bien mise à la cuisine, on n'aurait pas cru, n'avait pas le genre femme d'intérieur, quelle bonne surprise. J'ai cessé de comparer avec le temps d'avant, fait comme si ça n'était rien, la cuisine, aussi naturel que se laver tous les jours, essayé d'y trouver des satisfactions, en feuilletant le bouquin de recettes, on peut avoir l'impression d'une création infinie, jamais le même plat si on veut. Pourtant ça me prenait quand même.

Sept heures du soir, j'ouvre le frigo. Des œufs, de la crème, des salades, la bouffe s'aligne sur les clayettes. Aucune envie de préparer le moindre dîner, pire, aucune idée. L'effondrement de la pourvoyeuse, le blocage. Comme si je ne savais plus rien. Une minute de torpeur jusqu'à ce que le frigo se déclenche, une sorte de rappel à l'ordre. Faire quelque chose à manger, n'importe quoi, durer. Alors je me jette sur le par cœur, le machinal œufs au plat-spaghettis.

Pire que tout, la schizo du supermarché, imprévisible. Je pousse le caddy entre les rayons, farine, huile, boîtes de maquereaux. Hésitation. Toujours le signe précurseur. À côté de moi, des femmes butinent allégrement, expertes. D'autres stationnent devant les conserves, les paquets de biscuits, les retournent, lisent les notices avec une attention terrible. Il me faudrait sans doute des tas de choses pour demain, les autres jours. Je n'ai plus envie de rien prendre. J'avance dans des couloirs de nourriture de plus en plus indifférenciée. Tout me fait horreur, la musique, les lumières et la détermination des autres femmes. Je suis saisie d'amnésie nourricière. Si je me laissais aller, je sortirais tout de suite. Faire un effort, jeter à l'aveuglette de la charcuterie emballée, des fromages, attendre posément aux caisses derrière des chariots victorieux, dégoulinants de mangeaille, que les clientes exhibent devant elles à deux mains. Je ne me sens délivrée que dehors. La nausée existentielle devant un frigo ou derrière un caddy, la bonne blague, il en rigolerait. Tout dans ces années d'apprentissage me paraît minable, insignifiant, pas dicible, sauf en petites plaintes, en poussière de jérémiades, je suis fatiguée, je n'ai pas quatre bras, tu n'as qu'à le faire toi, spontanément elle m'est venue la mélopée domestique et il l'écoutait sans s'émouvoir. Comme un langage normal. Ou une récrimination d'O.S. qu'intérieurement le patron qualifie de refrain obtus et négligeable.

Il y a bien le comptage incessant, je lui prépare son déjeuner, je lui brosse son costume, il doit déboucher le lavabo et descendre la poubelle. Tu t'achètes un disque alors moi un livre. Merde, très bien je réponds sale con. Ça ne ressemble pas beaucoup à des libertés qui s'échangent. J'y ai eu recours. Épuisant, du détail mesquin qui me conduisait à me payer un bouquin ou laisser pleine la poubelle ni par plaisir ni par vraie révolte, par esprit de revanche. Depuis le début du mariage, j'ai l'impression de courir après une égalité qui m'échappe tout le temps. Reste la scène, la bonne scène, qui mime tout, la révolte, le divorce, remplace réflexion et discussion, la dévastation d'une heure, mon soleil rouge dans ma vie décolorée. Sentir monter la chaleur, le tremblement de rage, lâcher la première phrase insolite qui démolira l'harmonie : « J'en ai marre d'être la bonne ! » Guetter qu'il prend le masque, attendre les bonnes répliques, celles qui vont me stimuler, m'aider à retrouver un langage perdu, violence et désir d'autre chose. Dire dans le désordre et cette grossièreté qui lui répugne que cette vie est conne, plutôt crever que de ressembler à sa mère, naturellement l'attaquer au sacré de préférence. Ce bonheur de pouvoir hurler à l'aliénation sans qu'il m'arrête en souriant supérieurement, pas de grands mots s'il te plaît. Mais il viendra le temps où je me l'interdirai, la scène, « à cause du petit », tu n'as pas honte, devant lui, la dignité, la soumission ça veut dire. Un père ferme et une mère qui ne pipe pas mot, très bon pour la tranquillité des enfants.

Peut-être un dimanche gris. Un début d'après-midi morne comme toujours en dehors de la saison touristique. J'avais sûrement fait manger le Bicou, on avait déjeuné à notre tour, rosbif, haricots, peut-être crème renversée. La vaisselle en point final. D'un seul coup, le ton léger, la phrase naturelle : « On joue le dernier Bergman, au Ritz. » Et l'autre : « Est-ce que tu serais fâchée si j'y allais cet après-midi ? » La dernière, à cause de mon silence. « Ça sert à quoi d'être deux pour garder le petit ? » Je n'ai pas été effondrée ni hurlante. Une conclusion cynique et logique, ça le mariage, choisir entre la déprime de l'un ou de l'autre, les deux c'est du gaspillage. Évident aussi que ma place était auprès de mon enfant et la sienne au cinéma, non l'inverse. Il y est allé. Après il ira au tennis l'été, l'hiver au ski. Je garderai, je promènerai le Bicou. Ô les beaux dimanches... À trois heures lever le store dans la chambre du petit, la rue vide, le Jardin, les cygnes. La jalousie parfois. Vu de l'intérieur du F3 ou de derrière la poussette, le monde se partage en deux, les femmes qu'il pourrait avoir, les hommes que je n'aurai plus. Le soir, il raconte sa journée en dévorant comme un loup, le ski ça creuse. « Le mien, il va à la chasse tous les dimanches, le mien sa passion c'est la voile. » La pêche, la randonnée, le bridge, la clarinette, la pétanque et le billard, ils en ont des passions, et toujours compréhensives, les femmes, « il y passerait ses journées à la chorale, à la pétanque », presque fières. Et votre femme, sa passion ? Elle aimerait bien se remettre au tennis, je ne sais pas si elle a tellement envie. Elles partent toutes seules les envies, les unes après les autres, forcément. Cesse de m'emmerder, fais-en du ski, tu es libre à la fin ! Bien sûr, en dehors de la bouffe, de l'enfant et du ménage, je suis métaphysiquement libre.

L'empêcher de me laisser seule avec le Bicou, l'obliger. Il avait beau jeu de me jeter à la figure mes principes d'avant, être indépendants l'un de l'autre, ne pas rester soudés pour ne pas se limiter, etc. Vas-y, traite-moi de superglu ou, plus relevé, de mante religieuse, femme castratrice. Tout son Freud, je lui dis que je l'ai quelque part, mais non, je n'ai pas envie de l'être, castratrice, quelle image moche. Et puis, qu'est-ce qu'il fallait préférer, ça, cette solitude, le Jardin, ou la communion bidon de deux cœurs devant la télé, le traîne-savates dominical et familial dans les parcs à biches, les allées des zoos, les panoramas uniques, avec les pères qui portent leurs mômes sur les épaules en lorgnant la femme des autres et réciproquement. Lamentable. Le dimanche, à la sieste, comme les autres jours, je bossais pour le concours, toujours mon étoile.

Deux mois avant les épreuves, j'ai choisi la crèche et la culpabilité forcément, en refilant le matin à la puéricultrice le petit corps nu à travers le guichet, en ne reconnaissant pas du premier coup le soir ce petit garçon habillé de la blouse écossaise municipale. On félicite toujours la vaillante épouse de l'homme qui a réussi son examen en plus de son boulot, on la cocole, si vous êtes pour moitié dans son succès, vous l'avez aidé moralement, soutenu, empêché les enfants de crier, déchargé de tout. Lui, on l'aurait plutôt plaint. Une femme chiante, ce qu'il a dû endurer. De toute façon, il aimait mieux qu'on le plaigne, être félicité comme une femelle effacée, soupçonné de m'avoir aidée, quelle humiliation, très mauvais dans le décor du chef, du cadre respecté. Les valeurs masculines, la différence sacrée, j'ai fini par en connaître un rayon.

Lire la feuille des résultats, se sentir lavée d'une année de boulot et partir au hasard dans les rues, l'odeur des bars qui est bonheur soudain, et aussi la foule de juin ou d'octobre, cuver toute une journée la réussite, c'était avant. J'ai eu le CAPES, et je n'en ai éprouvé aucune joie. Il y avait trop de siestes anxieuses, de lavages de layette, de marmites à pression surveillées, d'épluchages de carottes au milieu de l'histoire du roman moderne ou des théories du théâtre. Un coup de chance en plus, il me semblait que le jury avait obscurément récompensé non mes capacités intellectuelles mais mon mérite de mère de famille.

J'étais prof. Le but des études, puis l'espoir d'une libération, d'une autre vie que les promenades au Jardin et le scotch-brite sur les casseroles. J'ai failli arriver en retard le jour de la rentrée, l'aide-ménagère avait loupé son car. La cohue des couloirs. Puis quarante visages, trente-cinq l'heure d'après et encore vingt-quatre, ces corps qui s'agitent, ces yeux, ces voix encore rentrées, prêtes à m'embarrasser de questions. Loin le petit appartement, en ce moment le soleil donnait dans la cuisine, la douceur de la poussière et des bouillies, la tendresse facile d'un enfant. J'avais eu beau la maudire cette vie encoconnée, vouloir y résister, elle m'avait tout de même eue. Ce qu'il a fallu refouler de trouille cette première matinée. Rien que parler et être écoutée, si bizarre après le silence engourdissant des intérieurs ou le gazouillis du Bicou. Mais il est venu le plaisir, celui de la puissance peut-être. À nouveau j'avais prise sur le monde, même ma solitude au milieu des quarante élèves devenait exaltante. La re-vie.

À la sortie, je gambergeais de projets, sorties, bibliothèque, au clou le Lagarde et Michard, des textes qui leur plairont. Je me souviens du premier soir, la chaleur de septembre à peine retombée, l'impression d'avoir mon existence ouverte, éclatée, par toutes celles que j'avais rencontrées dans la journée, je revoyais des têtes encore sans nom, des airs renfrognés ou farauds, une fille enfoncée dans sa chaise, absente, tant de diversité. J'avais envie de préparer tout de suite mes cours pour le lendemain et de lire les fiches que les élèves m'avaient rendues sur leur famille, leurs goûts. En même temps une bonne fatigue, celle qui m'aurait poussée à écouter un disque avant de me plonger dans le travail, plus tard à me mettre les pieds sous la table. Comme lui. Vrai qu'on n'a pas envie d'autre chose, qu'il avait donc raison. Mais halte-là, bonjour la différence, s'asseoir, faire mimi au Bicou, lire *Le Monde*, rêves, illusions de femme saoulée par sa première journée de boulot. Sitôt arrivée, j'ai vu les talons de l'aide-ménagère. À moi le dîner du Bicou et pour moi la bouffe ne viendra pas toute seule dans l'assiette. Les cours, quand l'enfant dormira. Lui, il regardera la télé. Je ne suis pas prof, je ne serai jamais prof, mais une femme-prof, nuance. Je suis entrée dans le second cycle des années d'apprentissage, les plus amères, les moins saisissables. Avoir un métier, je l'avais assez voulu, l'étoile des siestes, des promenades au Jardin. D'un côté, les femmes au foyer, mon horreur, de l'autre, les célibataires, des existences que je me figure vides. Obligée de penser que j'avais la meilleure part. On finit par ne plus comparer sa vie à celle qu'on avait voulue mais à celle des autres femmes. Jamais à celle des hommes, quelle idée. Et pourtant, peuvent bien partir du lycée d'un pas mesuré, digne, jusqu'à leur voiture, les collègues masculins, aller s'épanouir aux réunions syndicales, s'écouter parler et voter des motions sur les désastreuses conditions de travail, pointilleux à mort sur les limites de leur boulot, qu'un professeur n'a pas à surveiller les élèves, à corriger les punitions qu'il donne, casuistes une merveille pour ne pas en fiche une rame de plus, des habitudes d'homme sans doute. Moi je galope, en femme mariée mère de famille. Midi, dix-sept heures, ils voulaient discuter après le cours, pas le temps, ciao les bambinos, mon petit m'attend et je dois passer à la boucherie. Je ne serai pas la prof disponible que je croyais être, simplement fonctionner me cause déjà assez de peine, cours, courses, copies, plus rien dans le frigo. Il y a erreur, Maître Jacques était une femme. Le même travail qu'un homme, mais jamais perdre de vue son intérieur, le déposer à la porte du lycée et le reprendre à la sortie. Le soir, en versant le paquet de spaghettis dans l'eau bouillante, avec le Bicou tournicotant autour de moi, j'ai l'impression d'une vie encombrée à ras bords, pas la place d'y fourrer la plus petite goutte d'imprévu, la moindre curiosité. Je n'osais pas penser ainsi, écoutez-les tous, prof, quel métier extraordinaire

« pour une femme », dix-huit heures de cours, le reste du temps à la maison, des tas de vacances pour s'occuper de ses enfants, le rêve, enfin un travail parfaitement indolore pour l'entourage, la femme qui se « réalise », rapporte du fric, reste bonne épouse bonne mère, qui s'en plaindrait. Moi, même plus, le coup de la femme totale je suis tombée dedans, fière à la fin, de tout concilier, tenir à bout de bras la subsistance, un enfant et trois classes de français, gardienne du foyer et dispensatrice de savoir, supernana, pas qu'intellectuelle, bref harmonieuse. Que le lyrisme y aille quand rien d'autre et surtout pas la réflexion n'y va plus. L'homme harmonieux, « total », qui va au bureau, se met un tablier et baigne les enfants à la maison, s'il existe, il ne le chante pas partout. J'étais installée dans la différence, ces raisonnements-là je ne les faisais pas. J'ai trouvé normal qu'il ne fasse pas de courses, parce que les hommes ont trop l'air ridicule derrière un caddy, déplacés, que son traitement soit considéré comme une belle somme entière, pour nous, et le mien comme un appoint, gros, mais dont il faut toujours soustraire quantité de billets, l'aide-ménagère, les impôts sur deuxième salaire, reste plus qu'un minable tas à côté du sien. Comment alors oserais-je dire que je ne travaille pas pour le plaisir, seulement pour le plaisir. Je me suis sentie coupable de lui laisser l'enfant à garder les samedis de conseil de classe alors qu'il aurait pu faire du tennis, j'ai hésité à lui demander de descendre la poubelle, à quoi bon, la goutte d'eau dans la mer du ménage. Même la douceur, j'ai essayé, mouler ma chère, mouler, tellement plus payant auprès des hommes, l'agressivité ça gâte l'existence des autres. Et attention, deux voix, une pour les élèves, énergique, se rapprocher le plus de l'autorité masculine, des pères qui gueulent et castagnent à la maison, la voix du dehors, l'autre, pour l'intérieur et les sorties avec lui, petit oiseau, anodine, intervenant modérément, discrète sur tout ce qui concerne la vie du dehors, la classe, la pédagogie. Les polardes, les excitées, on le sait, des emmerdeuses. Heureusement que toi tu es équilibrée, ça veut dire que je la bouclais sur mon métier.

Les vacances. J'ai pris ma place parmi les femmes assises sur le sable, cernées de seaux et de pelles, pendant que des filles seules courent vers les vagues, et parce que les pires consolations ne font plus peur au bout d'un certain temps, se dire que leur tour viendra, attachées à leurs mômes pendant que leur mari voguera sur un voilier toute la journée. J'ai cru aux villages de vacances familiaux, rien que familiaux, avec les deux cantines, la hurlante et poisseuse, celle des enfants, la mortelle, des parents, avec les qu'est-ce que vous faites cet après-midi, on est bien ici, moi je suis visiteur médical et vous. On a humé l'air provençal une année, aquitain l'autre, bronzé tous les deux sans pelle ni seau pendant les siestes surveillées du Bicou à la garderie, dansé le soir sous les pins. Le simulacre d'une vie où l'on n'était pas encore liés par les traites, la bouffe ensemble midi et soir, l'enfant. Rien que le simulacre. Sur l'autoroute, en sens inverse, pas possible de se monter la tête, encore quinze jours qui ne laisseront pas de merveilleux souvenirs. Je pense qu'il faudra acheter un baril de lessive pour laver le linge sale, du pain, du jambon et du lait. Tu ne peux donc pas t'occuper de ton gamin, l'amuser, il nous casse les pieds je conduis, moi. J'ai passé des semaines dans la vraie famille. Les pires. Papoter entre belles-sœurs autour des épluchages de haricots tandis que monsieur père et ses fils pêchaient à la ligne ou jouaient à l'écarté. Madame mère les appelait fièrement, « à table, les hommes ! ». Dans cette bonne humeur et cette joyeuse acceptation des rôles, je me croyais anormale, braque. Vilain d'être ombrageuse des hommes, qu'ils se détendent, qu'ils s'amusent comme des gosses, quoi tu préférerais qu'il coure la gueuse, qu'il prenne ses vacances tout seul, une femme et un môme sur le dos, il en a sûrement marre.

Moi il me reste plus d'un mois avant la rentrée, un mois douillet à jouer les femmes à la maison et les bonnes mères pendant qu'il travaillera au bureau. Tu te rends compte, toute la chance que tu as d'être prof. Avoir le temps enfin de scruter à la loupe l'état des vêtements, de détacher, d'emmener moi-même le Bicou aux cygnes et au toboggan, d'essayer la confiture de pêches et les avocats aux crevettes. Et lire pour le plaisir, écrire des poèmes pendant la tranquillité des siestes. Bref, la femme moderne, pratique, mais pas popote, créatrice sur les bords, faites du dessin, des coussins, de la tapisserie, des mots croisés. Et où ai-je lu que Virginia Woolf faisait « aussi » des tartes, pas incompatible tu vois. Deux heures et demie. Le Bicou dort. Papier, stylo. N'importe quoi, journal, poème roman. La hantise qu'il se réveille. Pas seulement. Je n'arrive pas à croire à la réalité de ce que j'écris, une sorte de divertissement entre l'avocat aux crevettes, la promenade de l'enfant. Du faire-semblant de création. Le Bicou se réveille. Le sérieux recommence, l'habiller, le faire goûter, aller au Jardin, demain la pause-littérature. Le mieux, pendant les siestes, c'était encore de feuilleter *Le Nouvel Observateur*, faire des réussites ou bronzer sur le balcon. Ce qui convenait à ma vie de maintenant.

J'en suis sortie doucement des années-pipi. Le Bicou allait à la maternelle, couches et poussette, mauvais souvenirs. L'avais-je assez attendue cette époque, la libération progressive, le comme avant qui reviendrait, ou presque. J'y suis. Autour de moi, un vrai catalogue d'activités en tous genres, syndicat, venez donc au club théâtre, aux conférences Freynet, apprends le ski, le tennis. Je ne savais même plus de quoi j'avais réellement envie. J'ai essayé de tout, rien n'a tenu. Trop envahissant, et l'à moitié toujours, les réunions où l'on se fait excuser, le Bicou a la rougeole, celles où l'on s'esquive pour préparer le dîner. Rien que du trouble-famille tout ça, du vau-l'eau domestique. Alors ça, cette aventure, il aurait suffi de quelques conversations de plus, collègue blond, émouvant. Pire que tout le reste, où caserais-je un cinq à sept clandestin.

L'aventure la plus simple, la plus molle, sans risques elle est à ma portée, pas grand-chose à faire pour qu'elle arrive, juste laisser dans le tiroir de l'armoire à pharmacie le boulier de vingt et une perles vénéneuses. Comment peut-on en venir là. J'ai eu à peine un soupçon de mauvaise conscience avant de me jeter dans la seule entreprise autorisée par tout le monde, bénie par la société et la belle-famille, celle qui ne fera chier personne. Je le claironne partout le bon motif qui me dédouane, avoir un enfant unique, tellement triste, mauvais, parfait deux, Rémi et Colette, André et Julien touche le ventre de maman, la petite sœur est là, à s'en mouiller les yeux d'avance. Le vrai motif, c'était que je n'imaginais plus de changer un peu ma vie autrement qu'en ayant un enfant. Je ne tomberai jamais plus bas.

Huit jours et rien, curieux comme je n'y croyais pas. Sonnerie du réveil ce matin de février, six heures de cours aujourd'hui. Frappée d'incrédulité, la nausée m'a poussé dans l'estomac en une nuit comme un champignon. Vomir ou pleurer. Je la vois maintenant l'aventure que j'ai choisie. Les folichonneries du premier âge, les promenades le landeau d'une main, le Bicou de l'autre. Adieu les stages pédagogiques, le syndicat, les cimes neigeuses qui lui donnent à lui un teint de play-boy tout l'hiver, plus tard. Des dimanches interminables avec deux enfants à garder au lieu d'un. Bravo, quelle imagination. Son air interloqué devant cette grossesse manigancée en douce, de la réprobation on aurait dit, comme devant une initiative peu futée. Tout de suite la distance prudente : « Ça sera toi la plus emmerdée mon petit copain. » Inutile de préciser, je savais bien que dans neuf mois je serais seule à m'occuper de lait en poudre et de stérilisations, fini les amusettes d'hier quand il jouait les pères biberon, jeunesse, maintenant plus d'entorse au rôle, comment le pourrait-il, il travaille toute la journée, etc. Cocasse que j'aille lui geindre aux oreilles, avec le merveilleux congé de maternité qui m'attend.

Mon ventre recommencé, moins étonnant, l'habitude déjà. Été moite dans l'appartement, chaleur lisse de l'esplanade devant le lac où le Bicou tape dans son ballon, retour par les rues ombreuses, je me sentais complètement torpide, la main en avant pour me protéger des arrêts brutaux des touristes. Une pesanteur qui m'isolait du monde et de l'avenir. Malgré tout je n'étais pas pressée d'aller m'étendre une certaine nuit sur le chevalet de tortures de la clinique Beaurivage. Jouir le plus longtemps possible des derniers moments avec un seul enfant. Toute mon histoire de femme est celle d'un escalier qu'on descend en renâclant.

De mon lit je voyais le filet bleu du lac, des mouches lourdes d'automne rebondissaient sur la vitre. Il était parfait, rond, goulu. C'était des après-midi jaunes, je somnolais sur mes seins qui fleurissaient régulièrement et se prenaient en galets énormes. Lovée dans le paysage mou de l'accouchement. Profite ma vieille, roupille, laisse-toi nourrir en grosse reine de ruche par les dames tourbillonnantes de la clinique, ne te fatigue surtout pas les méninges par des questions qui empêcheraient, c'est prouvé, le lait de germer et gicler dans le petit bec. Juste faire mumuse avec les grenouillettes en stretch et les pulls de poupée qu'on m'offre, écrire les faire-part triomphants, numéro deux est là ! Dix fois par heure, aussi, se pencher sur le berceau pour apprendre la petite bouille nouvelle et vérifier son souffle. Bien goûter ce que j'avais voulu comme une aventure. Parce que c'est la dernière fois. Pouce, je ne jouerai plus. Illusion d'une décision volontaire, rien fait d'autre que fabriquer la famille idéale, celle que Brigitte, Hilda, toutes, imaginaient les jours de rêve d'avenir : deux, c'est bien.

Bien, c'est-à-dire le seuil de saturation, l'impossibilité d'aller plus loin dans la merde au propre et figuré. Le congé de maternité, vu du lycée et de mon gros ventre, avait tout l'air de grandes vacances. On devient de moins en moins difficile. La tête zébrée de cris à cinq heures du matin, première fournée de lait, re-sommeil interrompu brutalement à sept, petit déjeuner familial, préparation du Bicou pour l'école maternelle, deuxième fournée, puis le ménage puis l'intendance, étourdissant, pas une pensée pour soi. Mais qu'il est gentil, il fait les courses, « en plus » de son travail, merci, merci. Pour me tenir éveillée jusqu'au dernier biberon je regarde la télévision avec lui. La fatigue. La solitude. Mais qu'est-ce qu'il en transparaît au-dehors, ô image banale d'une jeune femme attendant à la sortie de l'école maternelle, avec devant elle un landau coquet où dort un adorable bébé. Je ne me plaignais pas, l'après-congé serait pire, des élèves qu'une collègue me refilerait en cours d'année, des copies et des préparations le soir, une inconnue qui s'occuperait de Pilou, les consignes à lui donner chaque jour. Je me suis jetée dans le pouponnage, le vrai, celui auquel j'avais échappé pour le Bicou, solitaire, tatasse, guette-au-trou, ah celui-là, il ne marinera pas dans son pipi comme l'autre, quand nous étions étudiants, je le promènerai sans hâte au Jardin, je serai une maman comme celle de *J'élève mon enfant* ressorti pour la circonstance. J'aurai ma minute gratifiante chaque semaine en regardant la graduation du pèse-bébé. La machine à laver ruminait sa cargaison de linge sale, le living fleurait bon l'O'Cedar consciencieusement passé. L'appartement prenait le soir des teintes douces, je bâtissais des maisons en Lego avec le Bicou et je disais, vite, on va donner son biberon au petit frère, papa rentre bientôt. Il embrassait les enfants, chatouillait le

Pilou pour le faire rire, lisait *Le Monde*. Après la vaisselle, je le rejoignais devant le poste de télé. L'harmonie familiale. Quand il faisait beau, j'allais au Jardin tranquillement, sans bousculer personne sur les trottoirs avec mon landau. Je m'asseyais sur un banc, à côté des vieux et des femmes avec des enfants en bas âge. J'attendais l'heure de reprendre le Bicou à l'école maternelle. Ça devait être la vie. J'avais vingt-huit ans.

On se fait peur, on s'affole, inouïes les capacités d'endurance d'une femme, ils appellent ça le cœur. J'y suis bien arrivée à l'élever, le second, et faire du français dans trois classes et les courses et les repas et fermetures Éclair à reposer, et les chaussures des petits à acheter. Qu'est-ce qu'il y a d'extraordinaire, puisque, il m'en persuade toujours, je suis une privilégiée, avec cette aide-ménagère à la maison quatre jours et demi par semaine. Mais alors quel homme n'est pas un privilégié, sept jours sur sept sa femme de ménage favorite. Naturellement je serai encore moins qu'avant la prof disponible, avide de recherches pédagogiques, de clubs d'activités, bon pour les hommes ou les filles seules, plus tard peut-être. Et pourquoi rester dans un lycée, qui dévore mon temps de mère en copies et préparations. Moi aussi je vais m'y précipiter dans ce merveilleux refuge des femmes-profs qui veulent-tout-concilier, le collège, de la sixième à la troisième, nettement plus pénard. Même si ça me plaît moins. « Faire carrière », laisser ça encore aux hommes, le mien est bien parti pour, c'est suffisant. Des différences, quelles différences, je ne les percevais plus. On mangeait ensemble, on dormait dans le même lit, on lisait les mêmes journaux, on écoutait les discours politiques avec la même ironie. Les projets étaient communs, changer de voiture, un autre appartement, ou une vieille maison à retaper, voyager quand les enfants seraient débrouillés. On allait jusqu'à exprimer le même désir vague d'une autre façon de vivre. Il lui arrivait de soupirer que le mariage était une limitation réciproque, on était tout heureux de tomber d'accord.

Elles ont fini sans que je m'en aperçoive, les années d'apprentissage. Après c'est l'habitude. Une somme de petits bruits à l'intérieur, moulin à café, casseroles, prof discrète, femme de cadre vêtue Cacharel ou Rodier au-dehors. Une femme gelée.

Je revenais au pas du Bicou dans les rues d'Annecy, l'hiver. Dans le square de la place de la gare, l'eau ne coulait plus sur la statue au milieu de la fontaine. Dans sa poussette le Pilou emmitouflé cherchait à attraper les pigeons qui zigzaguent toujours autour du bassin. Il me semblait que je n'avais plus de corps, juste un regard posé sur les façades des immeubles de la place, la grille de l'école Saint-François, le Savoy où l'on jouait, j'ai oublié le titre.

Juste au bord, juste. Je vais bientôt ressembler à ces têtes marquées, pathétiques, qui me font horreur au salon de coiffure, quand je les vois renversées, avec leurs yeux clos, dans le bac à shampooing. Dans combien d'années. Au bord des rides qu'on ne peut plus cacher, des affaissements.

Déjà moi ce visage.

ANNIE ERNAUX

PRIX NOBEL DE LITTÉRATURE

Aux Éditions Gallimard

LES ARMOIRES VIDES (« Folio » n° 1600).

CE QU'ILS DISENT OU RIEN (« Folio » n° 2010).

LA FEMME GELÉE (« Folio » n° 181).

LA PLACE (« Folio » n° 1722 ; « Folio Plus » n° 25 avec un dossier réalisé par Marie-France Savéan ; « Folioplus classiques » n° 61, dossier réalisé par Pierre-Louis Fort, lecture d'image par Olivier Tomasini).

LA PLACE – UNE FEMME (« Foliothèque » n° 36, étude critique et dossier réalisés par Marie-France Savéan).

UNE FEMME (« Folio » n° 2121 ; « La Bibliothèque Gallimard » n° 88, accompagnement critique par Pierre-Louis Fort).

PASSION SIMPLE (« Folio » n° 2545).

JOURNAL DU DEHORS (« Folio » n° 2693).

« JE NE SUIS PAS SORTIE DE MA NUIT » (« Folio » n° 3155).

LA HONTE (« Folio » n° 3154).

L'ÉVÉNEMENT (« Folio » n° 3556).

LA VIE EXTÉRIEURE (« Folio » n° 3557).

SE PERDRE (« Folio » n° 3712).

L'OCCUPATION (« Folio » n° 3902).

L'USAGE DE LA PHOTO, en collaboration avec Marc Marie (« Folio » n° 4397).

LES ANNÉES (« Folio » n° 5000).

ÉCRIRE LA VIE (« Quarto »).

LE VRAI LIEU, entretiens avec Michelle Porte (« Folio » n° 6449).

MÉMOIRE DE FILLE (« Folio » n° 6448).

HÔTEL CASANOVA ET AUTRES TEXTES BREFS (« Folio 2 € »).

LE JEUNE HOMME.

Dans la collection Écoutez lire

LES ANNÉES.

MÉMOIRE DE FILLE.

LA PLACE.

UNE FEMME.

REGARDE LES LUMIÈRES MON AMOUR.

L'ÉVÉNEMENT.

LE JEUNE HOMME.

PASSION SIMPLE.

Aux Éditions Stock

L'ÉCRITURE COMME UN COUTEAU, entretiens avec Frédéric-Yves Jeannet (« Folio » n° 5304).

Aux Éditions NiL

L'AUTRE FILLE (« Folio » n° 7252, édition revue et augmentée).

Aux Éditions des Busclats

L'ATELIER NOIR.

Aux Éditions du Mauconduit

RETOUR À YVETOT.

Aux Éditions du Seuil

REGARDE LES LUMIÈRES MON AMOUR (« Folio » nº 6133, avec une postface inédite de l'auteur).

Aux Éditions EHESS

UNE CONVERSATION, avec Rose-Marie Lagrave.

COLLECTION FOLIO

Dernières parutions

7003. Collectif	*À nous la Terre !*
7004. Dave Eggers	*Le moine de Moka*
7005. Alain Finkielkraut	*À la première personne*
7007. C. E. Morgan	*Tous les vivants*
7008. Jean d'Ormesson	*Un hosanna sans fin*
7009. Amos Oz	*Connaître une femme*
7010. Olivia Rosenthal	*Éloge des bâtards*
7011. Collectif	*Écrire Marseille.* 15 grands auteurs célèbrent la cité phocéenne
7012. Fédor Dostoïevski	*Les Nuits blanches*
7013. Marguerite Abouet et Clément Oubrerie	*Aya de Yopougon 5*
7014. Marguerite Abouet et Clément Oubrerie	*Aya de Yopougon 6*
7015. Élisa Shua Dusapin	*Vladivostok Circus*
7016. David Foenkinos	*La famille Martin*
7017. Pierre Jourde	*Pays perdu*
7018. Patrick Lapeyre	*Paula ou personne*
7019. Albane Linÿer	*J'ai des idées pour détruire ton ego*
7020. Marie Nimier	*Le Palais des Orties*
7021. Daniel Pennac	*La loi du rêveur*
7022. Philip Pullman	*La Communauté des esprits. La trilogie de la Poussière II*
7023. Robert Seethaler	*Le Champ*
7024. Jón Kalman Stefánsson	*Lumière d'été, puis vient la nuit*
7025. Gabrielle Filteau-Chiba	*Encabanée*
7026. George Orwell	*Pourquoi j'écris* et autres textes politiques

7027. Ivan Tourguéniev	*Le Journal d'un homme de trop*
7028. Henry Céard	*Une belle journée*
7029. Mohammed Aïssaoui	*Les funambules*
7030. Julian Barnes	*L'homme en rouge*
7031. Gaëlle Bélem	*Un monstre est là, derrière la porte*
7032. Olivier Chantraine	*De beaux restes*
7033. Elena Ferrante	*La vie mensongère des adultes*
7034. Marie-Hélène Lafon	*Histoire du fils*
7035. Marie-Hélène Lafon	*Mo*
7036. Carole Martinez	*Les roses fauves*
7037. Laurine Roux	*Le Sanctuaire*
7038. Dai Sijie	*Les caves du Potala*
7039. Adèle Van Reeth	*La vie ordinaire*
7040. Antoine Wauters	*Nos mères*
7041. Alain	*Connais-toi* et autres fragments
7042. Françoise de Graffigny	*Lettres d'une Péruvienne*
7043. Antoine de Saint-Exupéry	*Lettres à l'inconnue* suivi de *Choix de lettres dessinées*
7044. Pauline Baer de Perignon	*La collection disparue*
7045. Collectif	*Le Cantique des cantiques. L'Ecclésiaste*
7046. Jessie Burton	*Les secrets de ma mère*
7047. Stéphanie Coste	*Le passeur*
7048. Carole Fives	*Térébenthine*
7049. Luc-Michel Fouassier	*Les pantoufles*
7050. Franz-Olivier Giesbert	*Dernier été*
7051. Julia Kerninon	*Liv Maria*
7052. Bruno Le Maire	*L'ange et la bête. Mémoires provisoires*
7053. Philippe Sollers	*Légende*
7054. Mamen Sánchez	*La gitane aux yeux bleus*
7055. Jean-Marie Rouart	*La construction d'un coupable.* À paraître

7056.	Laurence Sterne	*Voyage sentimental en France et en Italie*
7057.	Nicolas de Condorcet	*Conseils à sa fille* et autres textes
7058.	Jack Kerouac	*La grande traversée de l'Ouest en bus* et autres textes beat
7059.	Albert Camus	*« Cher Monsieur Germain,... »* Lettres et extraits
7060.	Philippe Sollers	*Agent secret*
7061.	Jacky Durand	*Marguerite*
7062.	Gianfranco Calligarich	*Le dernier été en ville*
7063.	Iliana Holguín Teodorescu	*Aller avec la chance*
7064.	Tommaso Melilli	*L'écume des pâtes*
7065.	John Muir	*Un été dans la Sierra*
7066.	Patrice Jean	*La poursuite de l'idéal*
7067.	Laura Kasischke	*Un oiseau blanc dans le blizzard*
7068.	Scholastique Mukasonga	*Kibogo est monté au ciel*
7069.	Éric Reinhardt	*Comédies françaises*
7070.	Jean Rolin	*Le pont de Bezons*
7071.	Jean-Christophe Rufin	*Le flambeur de la Caspienne. Les énigmes d'Aurel le Consul*
7072.	Agathe Saint-Maur	*De sel et de fumée*
7073.	Leïla Slimani	*Le parfum des fleurs la nuit*
7074.	Bénédicte Belpois	*Saint Jacques*
7075.	Jean-Philippe Blondel	*Un si petit monde*
7076.	Caterina Bonvicini	*Les femmes de*
7077.	Olivier Bourdeaut	*Florida*
7078.	Anna Burns	*Milkman*
7079.	Fabrice Caro	*Broadway*
7080.	Cecil Scott Forester	*Le seigneur de la mer. Capitaine Hornblower*
7081.	Cecil Scott Forester	*Lord Hornblower. Capitaine Hornblower*
7082.	Camille Laurens	*Fille*

7083. Étienne de Montety	*La grande épreuve*
7084. Thomas Snégaroff	*Putzi. Le pianiste d'Hitler*
7085. Gilbert Sinoué	*L'île du Couchant*
7086. Federico García Lorca	*Aube d'été* et autres impressions et paysages
7087. Franz Kafka	*Blumfeld, un célibataire plus très jeune* et autres textes
7088. Georges Navel	*En faisant les foins* et autres travaux
7089. Robert Louis Stevenson	*Voyage avec un âne dans les Cévennes*
7090. H. G. Wells	*L'Homme invisible*
7091. Simone de Beauvoir	*La longue marche*
7092. Tahar Ben Jelloun	*Le miel et l'amertume*
7093. Shane Haddad	*Toni tout court*
7094. Jean Hatzfeld	*Là où tout se tait*
7095. Nathalie Kuperman	*On était des poissons*
7096. Hervé Le Tellier	*L'anomalie*
7097. Pascal Quignard	*L'homme aux trois lettres*
7098. Marie Sizun	*La maison de Bretagne*
7099. Bruno de Stabenrath	*L'ami impossible. Une jeunesse avec Xavier Dupont de Ligonnès*
7100. Pajtim Statovci	*La traversée*
7101. Graham Swift	*Le grand jeu*
7102. Charles Dickens	*L'Ami commun*
7103. Pierric Bailly	*Le roman de Jim*
7104. François Bégaudeau	*Un enlèvement*
7105. Rachel Cusk	*Contour. Contour – Transit – Kudos*
7106. Éric Fottorino	*Marina A*
7107. Roy Jacobsen	*Les yeux du Rigel*
7108. Maria Pourchet	*Avancer*
7109. Sylvain Prudhomme	*Les orages*
7110. Ruta Sepetys	*Hôtel Castellana*
7111. Delphine de Vigan	*Les enfants sont rois*
7112. Ocean Vuong	*Un bref instant de splendeur*
7113. Huysmans	*À Rebours*

7114. Abigail Assor *Aussi riche que le roi*
7115. Aurélien Bellanger *Téléréalité*
7116. Emmanuel Carrère *Yoga*
7117. Thierry Laget *Proust, prix Goncourt. Une émeute littéraire*
7118. Marie NDiaye *La vengeance m'appartient*
7119. Pierre Nora *Jeunesse*
7120. Julie Otsuka *Certaines n'avaient jamais vu la mer*
7121. Yasmina Reza *Serge*
7122. Zadie Smith *Grand Union*
7123. Chantal Thomas *De sable et de neige*
7124. Pef *Petit éloge de l'aéroplane*
7125. Grégoire Polet *Petit éloge de la Belgique*
7126. Collectif *Proust-Monde. Quand les écrivains étrangers lisent Proust*
7127. Victor Hugo *Carnets d'amour à Juliette Drouet*
7128. Blaise Cendrars *Trop c'est trop*
7129. Jonathan Coe *Mr Wilder et moi*
7130. Jean-Paul Didierlaurent *Malamute*
7131. Shilpi Somaya Gowda *« La famille »*
7132. Elizabeth Jane Howard *À rude épreuve. La saga des Cazalet II*
7133. Hédi Kaddour *La nuit des orateurs*
7134. Jean-Marie Laclavetine *La vie des morts*
7135. Camille Laurens *La trilogie des mots*
7136. J.M.G. Le Clézio *Le flot de la poésie continuera de couler*
7137. Ryoko Sekiguchi *961 heures à Beyrouth (et 321 plats qui les accompagnent)*
7138. Patti Smith *L'année du singe*
7139. George R. Stewart *La Terre demeure*
7140. Mario Vargas Llosa *L'appel de la tribu*
7141. Louis Guilloux *O.K., Joe !*
7142. Virginia Woolf *Flush*
7143. Sénèque *Tragédies complètes*

7144.	François Garde	*Roi par effraction*
7145.	Dominique Bona	*Divine Jacqueline*
7146.	Collectif	*SOS Méditerranée*
7147.	Régis Debray	*D'un siècle l'autre*
7148.	Erri De Luca	*Impossible*
7149.	Philippe Labro	*J'irais nager dans plus de rivières*
7150.	Mathieu Lindon	*Hervelino*
7151.	Amos Oz	*Les terres du chacal*
7152.	Philip Roth	*Les faits. Autobiographie d'un romancier*
7153.	Roberto Saviano	*Le contraire de la mort*
7154.	Kerwin Spire	*Monsieur Romain Gary. Consul général de France*
7155.	Graham Swift	*La dernière tournée*
7156.	Ferdinand von Schirach	*Sanction*
7157.	Sempé	*Garder le cap*
7158.	Rabindranath Tagore	*Par les nuées de Shrâvana* et autres poèmes
7159.	Urabe Kenkô et Kamo no Chômei	*Cahiers de l'ermitage*
7160.	David Foenkinos	*Numéro deux*
7161.	Geneviève Damas	*Bluebird*
7162.	Josephine Hart	*Dangereuse*
7163.	Lilia Hassaine	*Soleil amer*
7164.	Hervé Le Tellier	*Moi et François Mitterrand*
7165.	Ludmila Oulitskaïa	*Ce n'était que la peste*
7166.	Daniel Pennac	*Le cas Malaussène I Ils m'ont menti*
7167.	Giuseppe Santoliquido	*L'été sans retour*
7168.	Isabelle Sorente	*La femme et l'oiseau*
7169.	Jón Kalman Stefánsson	*Ton absence n'est que ténèbres*
7170.	Delphine de Vigan	*Jours sans faim*
7171.	Ralph Waldo Emerson	*La Nature*
7172.	Henry David Thoreau	*Sept jours sur le fleuve*
7173.	Honoré de Balzac	*Pierrette*
7174.	Karen Blixen	*Ehrengarde*
7175.	Paul Éluard	*L'amour la poésie*
7176.	Franz Kafka	*Lettre au père*

7209.	Elizabeth Jane Howard	*Confusion. La saga des Cazalet III*
7210.	Arthur Larrue	*La diagonale Alekhine*
7211.	Hervé Le Tellier	*Inukshuk, l'homme debout*
7212.	Jean-Christophe Rufin	*La princesse au petit moi. Les énigmes d'Aurel le Consul*
7213.	Yannick Bestaven	*Mon tour du monde en 80 jours*
7214.	Hisham Matar	*Un mois à Sienne*
7215.	Paolo Rumiz	*Appia*
7216.	Victor Hugo	*Préface de* Cromwell
7217.	François-René de Chateaubriand	*Atala* suivi de *René*
7218.	Victor Hugo	*Le Rhin*
7219.	Platon	*Apologie de Socrate*
7220.	Maurice Merleau-Ponty	*Le doute de Cézanne*
7221.	Anne Delaflotte Mehdevi	*Le livre des heures*
7222.	Milena Busquets	*Gema*
7223.	Michel Butor	*Petite histoire de la littérature française*
7224.	Marie Darrieussecq	*Pas dormir*
7225.	Jacky Durand	*Plus on est de fous plus on s'aime*
7226.	Cecil Scott Forester	*Hornblower aux Antilles. Capitaine Hornblower*
7227.	Mia Kankimäki	*Ces héroïnes qui peuplent mes nuits*
7228.	François Noudelmann	*Les enfants de Cadillac*
7229.	Laurine Roux	*L'autre moitié du monde*
7230.	Robert Seethaler	*Le dernier mouvement*
7231.	Gilbert Sinoué	*Le Bec de Canard*
7232.	Leïla Slimani	*Regardez-nous danser. Le pays des autres, 2*
7233.	Jack London	*Le Loup des mers*
7234.	Tonino Benacquista	*Porca miseria*
7235.	Daniel Cordier	*La victoire en pleurant. Alias Caracalla 1943-1946*
7236.	Catherine Cusset	*La définition du bonheur*